胡民祥簡介

台南善化胡厝寮人，1943 年生，1967 年留美，機械工程博士，西屋公司工程師 (1974–2011)，定居北美賓州西爿的茉里鄉。匹茲堡台灣同鄉會 1979 年會長，北美台灣文學研究會 1986–88 年祕書，担任《台灣文藝》1990–93 年編輯委員，主編《台灣公論報》【台灣文化專刊】及【文學園】(1998–2002)，前後安排十外位台灣作家來北美訪問交流。現此時「陳文成教授紀念基金會」理事，「台文戰線」社員。投入台灣人解放運動，唯文學切入去，探討台灣文學史，認知台灣語文是台灣民族國家的必然要素之一，投入台語文學寫作；北美徛久是我鄉，記錄台美人思鄉、漂泊、土斷生活。著作參編輯有以下書冊：

《胡民祥台語文學選》(台南縣政府版)
《胡民祥台語文學選》(金安文教機構版)
《茉里鄉紀事》(台語散文集)
《夏娃伊意紀遊》(台語散文集)
《水鄉花草工程路》(台語散文集)
《台灣製》(台語詩集)
《台灣味青草茶》(台語詩集)
《台語母奶情深》(台語文學評論集)
《走揣台灣文學痕跡》(台語文學評論集)
《結束語言二二八》(《台灣公論報》【台語文社論】集)
《詩歌聲裡》(華語文學評論集)
《相思蟬》(台語【台美人小說】集)
《台灣文學入門文選》(主編——華文)
《燭火闖關——蔡正隆博士紀念文集》(主編)

相思蟬

The Lovesick Cicada

相思蟬

胡民祥 著

The Lovesick Cicada

Binsiong Ou

島鄉台文工作室
Island Country Taiwanese Workshop

Published by Island Country Taiwanese Workshop
島鄉台文工作室出版

Printed in the United States of America
Printed by CreateSpace, An Amazon.com Company
[First Edition]
June 2015

Ou, Binsiong, 1943–
The Lovesick Cicada /by Binsiong Ou
《相思蟬》【台語文學 01】美洲版/胡民祥 著
ISBN-13: 978-1-5087-9512-4

USA Contact: oubinsiong@yahoo.com (胡民祥——責任編輯參美編)
Taiwan Contact: wagi.siraya@gmail.com (陳金順——發行人)
70499 台灣台南郵局第 140 號信箱
Telephones：06-2216152, 0958645287

Front Cover Artwork of Watercolor with Cicada by Jen-Wen Wang (王貞文), Back Cover Photos: Sea Waves by Binsiong Ou (胡民祥), and Niagara Falls by Bichhin Li (呂美親), all used by the permission of the artists.

獻詞

美哉一世台美人

北美徛久是我鄉

蕃薯落土代代湠

《相思蟬》【目錄】

【話頭】

【小說】

小說台美·島鄉頭旗　⊙陳金順

1987 年，台灣統治當局解除戒嚴前後，胡民祥寫出〈華府牽猴〉這篇台語小說的先聲之作。

2015 年，收錄八篇小說的《相思蟬》欲佇島鄉內外相紲出版。這八篇對五千字跤兜到三萬外字的小說，大體上有一个共同主題——「台美人」。這內底有台灣人佇美國拍拚的鹹酸苦甜，有獨立建國運動友志之間的情誼，有男女之間的情慾書寫。總講一句，胡民祥用真心攑寫實的筆彩畫台美人的故事，欲留予數十冬來佇海外奮鬥的鄉親參伊家己一份薄禮。

頂月日，民祥兄轉來故鄉有濟濟佮小弟開講、交換意見的都合。內中，講著伊頭一本小說集《相思蟬》的出版事工，按算交予島鄉台文工作室發落。因由這个開端，予我決定「島鄉」除去出版本人作品集以外，嘛欲付出淡薄仔氣力，為推揀台語文學盡一份心意。

誠榮幸，民祥兄無棄嫌，予《相思蟬》成做「島鄉台語文學」系列頭一本創作集。尚且，伊為著幫贊小弟予這條路行甲闊較開闊，本冊全然自費出版，無動用「島鄉台語文學出版基金」一銑五釐。

這兩日，阮兩人踮台美兩地，透過二十外封電子批參詳出版事工。最後得著一个共識，這本描寫台美人深情內裡的小說集，2015年欲分別佇美國佮台灣出版。頂半年先出美洲版，下半年出台灣版。冊本內容全然相仝，不而過，封面佮內頁由兩地分別處理。

八篇小說十一萬字，是胡民祥的誠意之作，嘛是「島鄉」行向新天地的踏跤石。朋友，無論你踮佇島鄉內外，徛居草地抑都市，請你泡一甌清芳的台灣茶，沿那啉沿那品味《相思蟬》，體會視野曠闊的景緻。

——2014.12.25 寫佇赤崁南門仔
島鄉台文工作室成立17週年

美哉！台美人

⊙胡民祥

第二次世界大戰欲結束進前，先有 1944 年 6 月初六歐洲戰場的諾曼第登陸戰，一年後的 5 月德國投降，歐洲戰場結束；佇太平洋戰場裡，1945 年 3 月美軍收復菲律賓，跳過台灣，4 月直攻琉球，血戰近欲三月日，紲落去，日本佇 8 月 15 無條件投降。

美國投入二次大戰，帶來軍事工業的勇健起飛，戰後帶動民生工業的大發展，美國製品行銷世界，國力空前，領導世界。美國主導世界事務，無經過台灣人民的同意，將台灣帶入世界強權政治的漩渦裡；雖然，台灣人民脫離日本殖民統治，不幸，嘛進入一個無人預知的風風雨雨的一甲子，夠今，猶咧没没泅。

佇日本天年的五十年裡，台灣知識分子去夠日本留學，吸收西洋文化，台灣人行入廿世紀現代化的潮流；發出：「台灣是台灣人的台灣」，台灣人欲民主，欲台灣民族獨立。戰後，台灣留學生大舞台徙夠美國，留美潮流唯六十年代開始起飛。來夠九十年代，留美學生人數累積約有廿萬人，加上唔是留學的移民人數，道約有卅萬的台灣裔美國人。台灣裔美國人簡稱「台美人」，來夠 2014 年，台美人累積約有五十萬人。

佇北美洲生湠落來的「一世台美人」，為著祖國台灣的運命，有人投入台灣獨立運動，付出誠濟心血；有人為台灣經濟、文化、藝術、文學、婦女權、勞工、原住民、環保……等等，付出您的青春；嘛有濟濟的人，暝日認真拍拼，為著佇新天地生存。「一世台美人」經歷思鄉漂泊，終至佇北美洲落土生根，您開拓出一段血及目屎交織的「悽涼又壯美」的歷史，內底有男女愛情婚姻的悲喜流變，嘛有日常生活的喜樂苦澀甘甜，小人物參大人物鋪滿台美人的舞台。半世紀落來，二世台美人成長，三世嘛出世，啊！一世台美人垂垂老去矣。

佇世界大舞台裡，一世台美人再次驗證移民的天律：「他鄉徛久是我鄉。」這款離開祖國台灣，不管是自動的，抑是被動的，最後，攏是客觀行夠「土斷北美洲」。早台美人約三百年，歐洲人佇北美洲土斷生湠落來，當然，一世台美人有伊的特殊性。移民土斷新天地無論是有通性，抑是有特性，攏有價值記錄落來。早年，我用詩及散文進行過，寫一世台美人的生活，出版三本散文集：《茉里鄉紀事》、《夏娃伊意紀遊》、《水鄉花草工程路》，兩本詩集：《台灣製》、《台灣味青草茶》。

佇 2011 年熱人，我唯工程生涯退休，決定轉換跑道，行向小說。

這本《相思蟬》小說集總共有八篇，算是我書寫「台美人小說系列」的開始，所用的語文是「台語文」。因為，我出生佇台灣嘉南平洋的莊腳，自細漢道「嘴講台灣話」；來夠美國，台灣同鄉會裡出出入入，嘛攏是嘴講台灣話。所致，欲寫台美人生活故事，誠自然道用「台語文」。

誠有幸，拄著恁：各位讀者朋友。請恁用台語思考，來讀我寫的台美人小說，保證恁讀甲溜溜叫。佇遮，衷心感謝恁逐家的參與，進行文學的「讀者、作品、作者」三度思維空間的對話交流。

美哉！台美人，向望咱後會有期。

——寫佇北美賓西茉里鄉，2014 聖誕節

舞魂歸來的路草

冬妹！救命！救命！

冬妹！緊精神！緊精神！

喝救命的人誠忝，無嗙力，叫聲含佇嘴內的款。

冬妹拄唯台灣探親轉來，她人佫卡忝，唔拘，親像是翁某感情好，心有靈犀，聲微嘛會通，她有聽著先生咧叫她的款，只是聲那游絲。她目珠皮足重足重，尾後總是回神過來，拍開電火，發現先生輾落眠床，人神志不清，叫未應，那像是魂出竅咧。

冬妹的先生意識誠無清醒，伊人感覺遠遠，佇足遠的足遠的所在，聽著微微的言語聲，那像是後生 Jimmy，抑是查某囝 Jenny，咧敲電話的款。只是，人隨佫昏沉去。

唔知過偌久，伊佫再有淡薄仔意識的時，那像有人開門，冬妹參人咧講話的款。

伊身軀親像浮起來，倒佇雲椅的款樣，起起落落，那嬰仔倒佇搖笱裡，那西遊記裡的孫悟空騰雲駕霧，心眼四界魂遊起來。

啊，囡仔時代的府城台南，守寡的阿母，晟您兩兄弟，二伯麗水照顧您一家人；府城東爿的紅樓中學有伊六年的歲月，隔壁是伊四年成大物理系的日子。伊誠痟柔道，練夠烏帶五段。一年預官煞，1968 年秋天，對著留學潮，飛過太平洋，飄落北美洲，美國新英格蘭地區。

迷迷濛濛中，那像行過松林，嘩、嘩、嘩，樹尾風聲裡，想起二十外年來，時代世事多變，伊，蔡尚舞，應變求生，愛情牽伊上路；路草蓊蓊少人行，伊一路舞過來，為著出頭天，拼命趁錢，刣頭代誌嘛敢作。

有風涼涼，無偌久，風恬去，唔知過偌久的無聲無說，換來一陣一陣的人聲，腳步聲。目珠皮重重重，誠忝誠忝，無知無覺去。

※ ※ ※

人魂遊夠唔知啥物所在，心眼有看，只是無熟悉的地界。無張持，那像去互天体核子磁力場吸著，伊煞飄咧飄入磅孔，暗暗烏烏烏烏暗暗長躼躼躼躼長，漸漸，遠遠一點光，紲來霧光霧光，愈來愈光，一遍安祥清明美妙的氛圍，飄遊速度逗逗仔慢落來，駐在當下，時空凝結，亘久無進嘛無退，一款安寧清静玄妙舒適的天界。

佇遮，四界魂遊自在，來去無了時；一時，唔知飄落佗位去？

啊，是偎佇伊里湖邊，水牛城東北爿的紐約州立水牛城大學。

紐約州政府掖錢，咧栽培世界一流的大學，親像互伊蔡尚舞全額獎學金，外國學生讀研究所至少攏免學費。所致，台灣來的學生足濟，起碼有五、六百名。

六、七十年代，欲讀物理學猶攏是鑽高能核子物理學。時代咧變，物理學嘛上好愛參人直接有交陪，所致，尚舞仔改選生物物理，新興的尖端科學，猶少人讀，合伊的意。事實上，尚舞仔按呢想：「人体窮實嘛是一堆的原子、分子、核子，可以用核子振動物理學的原理，來開發醫療診斷器材，親像核子的磁場共振造影(MRI)，用來掃描人体五腑六臟，骨格肌理，呈現您三度空間立体影相，提供醫生作診斷病情，指導開刀手術。」

伊尚舞仔一年半道將博士班必修學分修甲差不多，資格考試嘛佇 1970 年秋天拼過，博士論文研究有初步的成績，先整理出一篇論文：〈MRI 造影的醫療診斷應用可行性〉，參指導教授 Dr. Thomas 掛名，由伊在夏娃伊意(Hawaii)舉行的「1971 年美國生物物理學年會」宣讀，誠受重視，有寡研究者想欲參他合作。

尚舞仔參林阿水作伙租一間美國阿婆的房間滯，離校區隔三條路爾爾，行五分鐘道夠校區西爿門。唯阿水仔遐，熟悉工學院一寡人，親像許青峯，陳正德，另外數學系的劉武雄。

研究生時間誠濟，指導教授嘛未管傷過頭。

親像美國各大學共款，水牛城美國學生足熱反越戰，台灣留學生嘛受著感染。

六十年代末年以來，中共欲入聯合國的力道愈來愈強，台灣隨時會夆趕出去，變成世界孤兒。這時，佇美國的台灣留學生感覺台灣人未使佫作新婦仔，隨在人替咱作主意，著愛有家己的團体來發聲。1969 年秋天，尚舞仔參工學院一寡人攏誠熱心咧成立台灣同鄉會。校園前有一條西南往東北走向的水牛城主街 (Main Street)，校前主街的對面有一間大學長老教堂(University Presbyterian Church)，台灣同鄉會創會道佇教堂舉行，隔壁有一間紅倉(Red Barn)快餐店，兩個攏是台灣學生出入的所在，台灣同鄉常在來的場所，尚舞仔嘛佇遮出出入入。

※ ※ ※

天地無邊無涯，無聲無說，天長地久，悠悠傳來：叩叩叩，那像有人咧輕輕仔啄伊尚舞仔的頭殼。啊，伊尚舞看著的是，佇公園裡有人咧烘肉，邊仔樹林裡，有啄木鳥認真咧啄礁樹椏。

佇 1970 年七月初四美國獨立紀念日，伊尚舞仔去奈阿加拉河參伊里湖交滙的大島公園野餐，這是同鄉會會長蕭一義博士安排的。一義愛拍乒乓，遠征夠加拿大多倫多台灣同鄉會，不時著冠軍。嘛按呢，水牛城同鄉參多倫多有濟濟聯誼活動，1970 年 7 月底作伙辦一擺三暝四工的露營，地點是多倫多北爿的 Muskoka 湖區。露營中，伊尚舞仔相著一位水姑娘，她參許青峯誠有話講。

露營煞，南下經過奈阿加拉瀑布轉來水牛城，尚舞向青峯探聽。

「露營參你誠有話講的水姑娘，名叫啥？」尚舞仔問。

「她姓黃名月娥。」青峯答。

「敢知影她佗位的人？」

「大概是南投埔里人。」

「黃月娥讀啥系？奈唔捌看過？」

「噢，她是腦神經科實習醫生，才唯西北大學轉來咱大學附設病院無偌久。」

「實習醫生？她幾歲？」尚舞心內想，上好比伊卡少歲。

「唔知咧。奈問甲有一支柄？」青峯僥疑：「你是唔是有意思？」

「歹勢，唔拘，是你先熟悉她的。」尚舞仔心存期待。

「即馬猶無想欲交女朋友，可以替恁牽紅線。」

「青峯，感謝你。」

三人作伙佇紅倉食晝啉咖啡，這是 1970 年八月中旬的代誌。

留學生佇他鄉異國人誠孤單寂寞，需要有伴好偎靠。所致，留學生雖然傳統男女授受不親，您的戀情進展卻那像是飛快車質變，可比台北上車抂咧談情說愛，高雄落車道定終身。有影，月娥參伊尚舞仔校園出出入入，同鄉會來來去去，誠緊道行甲真偎，嘴甘唇甜；青春思慾的情根，有春雨好灌沃。

人講：近廟欺神。用來講水牛城的居民，有影是不止仔準。世界七大自然奇景之一：奈阿加拉瀑布，蜜月旅行的聖地，佇水牛城東北爿無夠二十英里，開車免半點鐘。但是，您當地附近一生唔捌踏腳夠的人，卻是不止仔濟。

物理上咱講冰刀，利！有影。

尚舞仔有查過文獻，頂回一萬八千年前冰河時代的三公里厚的冰刀，割過北美洲大地，所留落來的紀念品，道有五大湖及奈阿加拉河。五大湖中東爿的伊里湖，接這條向北流的奈阿加拉河，流入上東爿的旺塔略湖，湖水東流入美加國境的聖羅倫斯河，出大西洋。兩湖地勢有落差，河水佇三百英尺深的石崖壁懸懸摔落來，形成大瀑布。水刀嘛誠利，刮出瀑布下游的峽谷河道，瀑布斷崖向源頭泅去，那龜趖；水刀每年向前削 3 英尺，一萬年嘛趖有七英里，瀑布唯東爿的奎恩士鎮趖夠現此時的西爿的奈阿加拉市。

讀物理的尚舞仔，誠愛水的百態景觀，憑若有閒，伊道𤆬月娥去瀑布公園。熱人，您兩人上愛偎近橫跨美加國境的馬蹄瀑布，河水一落欲三百英尺深，激起水汽沖天，飄作屑細雨。您嘛落去霧氣重重的河谷，穿雨衣坐遊船駛向馬蹄瀑布前，落水湍湍流，船那天頂的風吹咧，佇河面搖來幌去那搖笱。佇遮，觀賞銀河之水澎湃落地來，享受落水淋身的滋味：清涼消熱氣。

1970 年中秋夜，美國瀑布的上游，佇月光下，河水流過大粒的細粒的石頭，水湧成連串的長長銀絲，奔馳不止趕向瀑布。您兩人坐佇河邊長條椅，恬恬欣賞；中秋夜裡，您化身作一對陸上鴛鴦。月娥歸身軀軟軟綿綿，倒佇尚舞仔胸前，伊手龜趖過平洋山崙谷地水草邊。迷迷朦朦裡，月娥回過神來，聽著尚舞仔喟喘誠急，牽伊的倒手出衫裙，扎脈。月娥當咧實習，扎脈是基本的功夫，她攏會揣機會扎人的脈。

「心跳百二，有影猴急，遮呢鵤哥！擋咧！擋咧！」將尚舞的正手亦抽出來，大大力拍一下。

「嫦娥應悔偷靈藥，碧海青天夜夜心。」尚舞仔引李商隱詩，改挲她的頭毛。

「亂亂吟，亂亂指，唔驚月娘割耳只！」月娥捻伊的耳肉。

天上人間，泛勢，嫦娥及月娘已經恬恬仔坐阿姆斯蒼的登月太空船，來夠地上人間。尚舞仔學杜甫，舉頭看明月；月娥、嫦娥、月娘三位一体，一時，煞唔知誰是誰。

明月光光，河水悠悠，安然流向新娘紗瀑布及美國瀑布，勇敢接受一落二百英尺的斷崖，粉身攢石頭，激起千堆雪，沖成萬億水花水汽，構成現實立体多姿的水世界，創造您集体的運命：昇天逍遙。人世間看來嘛是共款呢，時來運夠，勇敢來承擔；月娥及尚舞仔這一代的台灣留學生嘛著接受運命的試煉，舞出一場台美人的世界，回報晟養的祖國福摩莎。

彼年中秋，月娥、尚舞依偎夠更深人靜，溶入月光下柔柔的大自然；恬恬作生物物理試驗，作彼款猶未來的蜜月旅行代。

1971 年正月中旬，學校開始放寒假，一暝落過雪，月娥透早拍電話來，講伊想欲去看瀑布。尚舞仔心想，冬天裡寒佫有雪，有啥好看？但是，女朋友講的，是聖旨。

車經過奈阿加拉大島的高架橋，道看著馬蹄瀑布水汽浮成雲蕊。尚舞仔將車開入瀑布上游的山羊島，停車開門，哇，氣溫誠低，誠冷。佳哉，您兩人攏穿長筒靴，鵝毛夾克及長褲，戴毛線帽，有手套。

「哇！雪滿滿是，綿綿綿的銀色世界，誠水！」月娥歡喜大聲講。

「猶無人行踏，確是水。」尚舞仔嘛足歡喜。

「看誰先夠三姊妹島。」月娥先走標，雪粉揚揚飛，走往一千英尺外的三姊妹。

「偷食步，先走才講。」尚舞仔抗議，無走，快步緊行爾爾，讓她。

「哇！樹林一身一身白衫裙，那新娘紗咧。」月娥突然間停咧，看向三姊妹。

「遮呢水，唔甘踏過去。」月娥佫細聲說。

牽挽三姊妹的兩座短橋，變成銀河喜鵲橋下凡塵，浮佇銀河流水。白絲綢那被單，鋪滿四界，灌木化成作被頂的白枕頭，有圓圓的、卵形的、長篙的，掖滿三姊妹白雪雪的房間，埕邊流水悠悠。

難怪月娥駐足，欣賞。

尚舞仔雙手抱起月娥，攬咧，八字步，一步一步行往喜鵲橋，月娥小鳥依人勼佇尚舞仔的胸坎，清芳唯她頷頸悠悠飄入尚舞鼻孔，輕輕將月娥囥落白綿綿被頂，伊人嘛倒落來，牛郎織女睏坦笑，看向藍天白雲，享受只有您兩人的瀑布公園。無聲無說，只有您的喘喟聲。月娥翻一個身，倒向尚舞，兩蕊目珠：春色漲滿墘；嘴唇：啄啄半分開；嘴舌：那蛇吊誘人；一看，尚舞仔將織女夏娃的蛇請入牛郎亞當的仙洞，生津撓舌煉情丹。

煉情，煉甲天人合一，天拋荒地變老。

呱呱呱聲裡，看著瀑布區裡的海鷗叫天，您回神。爬起來，手牽手，踏過去夠盡磅，馬蹄瀑布上游河水湍湍流，河床中央遠遠所在，佫有三塊小島，矮樹穿新娘紗那凌波仙子，雙腳咧耍水。尚舞仔幻想，月娥作伊新娘時，定著嘛是水甲那仙女。

大雪後的瀑布公園，誠是絶美。

您唯上游徙向馬蹄及新娘紗瀑布，看著禿枝赤身樹。每欉攏閃爍閃爍，那像互相咧拍信號對話，搬著大自然的舞台劇。行偎去，歸欉包一重水晶，難怪，日頭一照閃閃發光。三姊妹的赤身樹是粉粉白綿綿，並無水晶。感覺奇怪的時，您的面開始互水滴那雨淋著，原來是瀑布沖上天的水汽飄落這爿的樹木，粘牢，氣溫足低，隨結成冰，一滴一滴穩穩仔積，最後包成一重那玻璃的冰膜。

物理學有影好用，可以科學得解釋瀑布的冰樹奇觀。

春天來，有一工好天氣日光炎炎，月娥參伊尚舞仔散步，行過瀑布下游的、峽谷河床頂的、橫過美加國境的、有名的彩虹橋，學人作彼款戇代誌，一腳徛美國，一腳踏加拿大。彼日，徛佇遐，您目珠平平看向馬蹄瀑布，哇！二道半圓彩虹浮佇瀑布的天界。目光收煞轉來，抌頭看向霧霧的峽谷河床，哇！一環全圓彩虹。您有幸，腳踏彩虹橋，欣賞半圓及全圓的彩虹。

彼日您一直行過加拿大，唯加拿大看奈阿加拉瀑布全景。留夠暝時，欣賞入夜人造光下的彩色瀑布，贏過煙火秀。

月娥參尚舞仔看盡春夏秋冬的瀑布景觀，瀑布滋養您的情愛，嘛教您水的「水、冰、汽」三態本質，您三態是互相質變，道是互相革命所致。

※ ※ ※

無邊無涯天界魂遊，一時，感覺有啥物，咧流動的感覺。那像夆揀入小磅孔，耳孔邊有嗡嗡嗡咔咔咔的聲，過一陣仔，聲無去。佫過一陣，那夆揀出小磅孔，搬落雲床，宛然身体浮起來，佇軟軟的啥物頂頭，嘛那像坐五分仔車，起哩叩，起哩叩，誠有規律，誠爽快。

記持的鏡頭切入故鄉台南囡仔時代。

太平境西來庵，尚舞仔外公做廟公的所在。

1944 年出世的蔡尚舞，伊記著四五十年代散赤的日子，老母守寡晟養伊及小弟，一家三口受著二伯麗水的照顧。二伯是名醫，佇曾文溪邊的安定鄉莊腳開業，心腸好。教尚舞仔掠蟋蟀相咬的囡仔伴，道有免仙互伊的二伯醫好臭頭的。假晝一個賣肉粽的阿伯定定擔來夠醫生館前，二伯有時會叫藥局生買來送互遠路散赤患者作晝。

尚舞仔誠愛讀冊，二伯栽培夠大學出業。伊人無懸欉，中學道練柔道。柔道是一款体力及智慧配合的運動，以力借力，以柔克硬，以小勝大，少人學，伊一路練夠烏帶五段的。另外，伊嘛痞吊環、雙槓及跳箱，練手把及腳腿力，參柔道誠四配。

伊尚舞仔來夠美國，生活佇自由的天地，收著日本東京發行的《台灣青年》月刊，知影創辦人王育德府城人，佇伊母校台南一中教過冊，一生從事台灣獨立運動。佫收著美洲發行的《台獨》月刊，兩本宣揚反抗國民黨外來政權殖民統治的論點，漸漸拍開伊的思想視野。這時想起，伊外公西來庵廟公，家族傳說外公參加 1915 年噍吧哖大革命。

1970 年的北美洲對台灣留學生來講，是一個多變年箇。

正月初一，台灣、日本、美國、歐洲、加拿大等五地區的台獨團體正式合併，成立「台灣獨立聯盟」。

正月初三彭聰明脫出台灣，得著瑞典的政治庇護。

紲落來，4 月 24 黃武雄佇紐約開槍拍蔣經國，黃武雄參妹婿鄭天才被美國聯邦法院依謀殺罪起訴。

九月底彭聰明受聘來美國密西根大學，一時台灣人士氣漲大。

十二月台灣人左派成立「台灣人民社會主義同盟」。

紲落來，1971 年中美外交突破，尼克森總統宣佈 1972 年 2 月底欲訪問中國。驚中美建交犧牲台灣，彭聰明召開「台灣民眾大會」，計劃 1971 年 9 月 18 在紐約喜魯屯大飯店舉行。

尚舞仔參青峯唯水牛城半暝開車去參加歷史性的民眾大會，欲去瞻仰這號傳奇革命人物。您猶罕得上高速路開長途，佇紐約州際 90 號高速路趕路；天光早起七點外，離紐約市大約一點鐘車程，頭前忽然有路況，有人栽三角架佇路肩。

「路邊奈有人咧翕像咧？」尚舞仔講。

「奇怪，路邊奈有啥物好翕？」青峯回應。

「啊，敢是交通警察？」尚舞仔喝一聲。

轉一個彎越，一台警車咧比手叫您停車。原來是咧測超速，食著一張罰金單五十美金。夠紐約市歹停車，看路邊有一個空位，緊停入去，趕去參加十點的大會。

紐約以外，各城市來的包車道有十外台，佫有遠路唯各地坐飛行機來的，總共參加的同鄉千外名，會場人擠人，飄翩的革命者彭聰明主題演講：「台灣人民自決。」會後，遊行夠國民黨領事館示威，喊喝偃倒國民黨，台灣獨立萬歲；紲落去聯合國請願，台灣民族自決，喝出一中一台，台灣獨立。

初次夠紐約見識著大都會的街頭百態，其中印象上深的是路邊擔，有賣食的、雜細的，誠成台灣擔販。遊行了後，伊尚舞仔參青峯道佇路邊擔仔買燒狗(Hot Dog)止枵。

坐地下鐵轉去停車所在，路頂您兩人話起來。

「尚舞，你按怎看彭聰明？」

「宣傳『台灣人民自救宣言』，作即款刣頭的代誌，誠有膽識。」尚舞仔講。

「敢計劃，耐心細膩執行；成功脫出台灣，冷靜有魄力。」青峯接過去講。

「拋棄權勢地位，」尚舞仔強調：「為著台灣人的出頭天。」

「敖掠時勢，緊開民眾大會，為台灣人民自決發聲。」青峯呵咾。

「台灣獨立聯盟組織誠有力，短短時間，動員幾千人。」尚舞仔指出。

「演講者猶有獨盟的主席張景鋈、林隆志外交部長。」青峯提起。

「您攏是阮台南一中校友。」尚舞仔驕傲講。

「您攏是可敬的人物，學者兼革命運動。」青峯肯定。

行夠您早起停車的所在，無車，才知影違規停車，互警方拖去，納五十美金罰款。前後總共罰一百美金，對留學生來講是未少錢，是每個月獎學金的三分之一。尚舞仔誠歹勢，唯紐約轉去水牛城路中，您停落來食邁當老。

「青峯，一百箍罰款咱對半分。」

「免啦，車我開的，我負責。」青峯誠阿莎力。

「無，安呢啦，這頓參油錢我出。」

「好，多謝。」青峯接受。

想著罰金，想起獎學金每月二百八十箍，納厝租，食飯，生活用品等等是有夠開啦，不而過，若是欲佫捐款支持政治運動，有時是感覺錢無夠用。親像舊年熱人台灣人為著黃武雄及鄭天才的保證金廿五萬美金，台獨聯盟、台灣同鄉會及全美各地教會紛紛響應捐款，散赤的學生嘛逐家蹤錢。青峯出七十箍，尚舞仔捐一百箍，比起廿五萬實在是攏足少。若是手頭有卡濟錢，敢唔是好辦代誌！

一時耳孔癢癢癢癢，思路煞怎仔斷去。

※ ※ ※

魂遊天界思緒不定，逗逗仔感覺耳孔起癢。過一陣仔，唯天邊傳來人間話語聲，尚舞仔感覺那像有人咧唸伊的款。

「尚舞未開嘴講話，攏嘛是先面帶笑意。」劉武雄的款。

「鼻龍直，話帶鼻音。」這定著是阿水仔。

「尚舞眉粗，做人豪爽，敢做敢擔，足阿莎力。」青峯的聲說。

「尚舞聲昂，低沈，歌喉好。」編印同鄉會歌謠簿的陳正德講。

「有西方人的冒險精神，拄著問題，冷靜處理。」青峯的腔嘐。

「行起路來，外八字；嘴鬚糊糊，無誠勤摳！」阿水仔咧詼諧。

有影咧，月娥常在加尚舞仔的面揀開，嫌嘴鬚糊糊刺面！便若未記持刮嘴鬚，會使攬她，未使吻她。

1971 年 11 月初，有一工，尚舞收著《台獨》月刊，暗頓作伙食飯，欲提互月娥，她無意思看。隔轉工，拄著青峯。

「月娥這位將來的腦神經醫生，頭殼各樣呢！」尚舞仔講起。

「怎講？」青峯好奇。

「月娥無興趣台灣政治代誌，唔讀《台獨》月刊。」尚舞仔話氣失望。

「免著急啦，誠濟查甫囝道會驚甲欲死啦，何況一個查某囡仔呢！」青峯勸伊：「有人收著台獨刊物，驚留手紋，用箸夾起來，擲落糞掃桶呢。」

「是，是。驚！有影咧。自細漢，序大人教咱勿插政治。」尚舞仔講。

尚舞仔想起，佇出國講習會，教育部官員將台獨講成是青面獠牙的叛亂組織。所致，台灣同鄉會活動佇表面攏是中性的聯誼聚會。比較卡政治性的活動，道愛另外安排場所，親像去蕭一義厝裡，政治開講。

會記得今年五月節，台灣同鄉會辦晚會，順紲慶祝學期結束，逐家輕鬆一下。自創會以來，攏是許青峯負責借長老教會辦活動，即擺無例外。尚舞仔安排康樂節目，伊想起囡仔時代安定鄉的一個阿伯擔肉粽咧賣，所致，選民謠〈燒肉粽〉來演。一枝扁擔，兩腳草籠排滿燒肉粽。雙手將草籠的索仔挽恆牢，控制您轉踅，一下擔起來；用柔道底蒂，外八字型的腳步，尚舞仔喜頭滿面，一桌一桌舞偎過去，嘴喝：「燒肉粽奧！燒肉粽來奧！俗俗仔賣，府城出名的肉粽奧，一粒一箍爾爾，誠芳誠Q，無芳免錢，無Q免仙。來奧！欲道緊來奧！」

等候伊尚舞仔踅過每桌，伊隨變成憂頭結面，踏上表演台，唱一條〈燒肉粽〉：

自悲自歎歹命人，父母本來真疼痛，
互我讀書幾落冬，出業頭路無半項，
暫時來賣燒肉粽，燒肉粽，燒肉粽，
賣燒肉粽！

……………………………………………

物件一日一日貴，厝內頭嘴遮大孔，
更深風冷腳手凍，誰人知我的苦痛，
環境迫我賣肉粽，燒肉粽，燒肉粽，
賣燒肉粽！

扁擔及草籠作伊舞伴，倒手將舞伴手掌咧，正手將舞伴後身挽咧，以探戈舞步起舞。一時身轉踅，草籠那女伴，裙角風寒，揚揚飛，裙角風冷，揚揚飛；一時手一攬，肉粽尖尖那女伴，瞻天、憂面、無奈、苦笑、腳無力、咧拖地。

演煞，噗仔聲拍，一直拍。坐落來，月娥嘛呵咾：「小販顧家，拼三頓的屈勢及艱苦攏有表現出來。」

散會時，賴弘文齒科醫生自動紹介伊家己，講伊誠感動。青峯嘛講：「舞步搭配歌聲鑽人心肝，嘛影射風雨飄搖的國際局勢之下，台灣人的艱難運命，你演甲誠有感染力。」

※　　　　※　　　　※

無邊無涯魂遊中，額仔感覺溫燒溫燒，胸坎那像有樹奶管徙來徙去，有夠奇；手掌互人擲咧。伊尚舞仔感覺大概是伊人忝，唔知人，唔是神經過敏吧？尚舞仔無管汰，注伊去。

幾日來，日思夜夢的，攏是時勢，親像越戰美軍死亡，佫有1970年5月Kent State University, Ohio學生反戰示威，國民兵開槍拍死四名學生，引來全美四百萬學生大示威，水牛城學生嘛聚集抗議，進入大樓，穿廊入室喝口號。

咱台灣留學生界嘛無平靜。

1971 年 1 月 29、30 留學生佇各地進行第一次大規模的保護釣魚台示威，四月初十華府大遊行是保釣的高潮。無偌久，駐美大使周書楷回台灣就任外交部長，佇記者招待會，聲明：「咱有誠濟證據，顯示釣運有中共佇背後咧操控，有深深的反美、反日、反政府色彩。」

1971 年 7 月 27 沈劍虹來美接任中華民國駐美大使，佮國家安全顧問季辛吉定定接接，一再探消息，季辛吉攏是三不知的外交話。聽講沈大使參國內重大決策嘛無份交插，代誌唔知影半項。

因應釣魚台運動，水牛城台灣留學生界分兩派：台灣同鄉會及中國同學會，互相對抗。

面對《台獨》月刊，《台灣青年》雜誌，左明的《獨立台灣》，水牛城統派發行《水牛》月刊，佇 1971 年熱人創刊，土木系教授李信岡主編，青峯公寓室友張孝萱積極參與。釣運有迷著一寡本省人學生，親像蕭俊雄及陳恆次，您兩人參保釣中國人到處推銷統一論，來睏過青峯公寓客廳。青峯有社會主義傾向，參《水牛》人士早就有來往。《水牛》彼帆人，舉辦社會主義講座。第一場講座隔轉工，尚舞仔您一寡人佇紅倉食晝、咻咖啡、話仙。

「恁汰攏無去聽社會主義講座？」青峯問逐家。

「無贊成社會主義。」正德喟口無咧外爽。

「彼敢唔是統一派併吞者的會？」阿水仔客氣質疑。

「彼日參阮指導教授討論論文進度，無法度分身。」尚舞仔照實講。

「是，彼是統一派安排的。」青峯講：「唔拘，咱可以『以子之矛攻子之盾』啊！」青峯口氣平和帶理性。

「借您的場，反向思考啊。」青峯佫鼓勵逐家：「您請我青峯講一座，日期是後禮拜五，請恁來看好戲。」

彼日尚舞仔有去。一聽才知影，青峯對台灣共產黨誠有研究。

伊談台共及中共來往的歷史，用編年史條列如下：

● 1928 年 4 月 15 謝雪紅等等佇上海成立台灣共產黨，中共派彭榮見證，台共政治大綱有「台灣人民獨立萬歲」參「建立台灣共和國」。

● 1936 年 7 月 16，毛澤東向美國記者斯諾(Edgar Snow)表示：「若是朝鮮人民欲斬斷日本帝國主義者的鐵鍊，阮會熱烈支援怹爭取獨立的戰鬥。這點共款適用佇台灣人民。」

● 1938 年 10 月，毛澤東以國際主義精神，佇中共中央政治局會議上報告，鼓勵「朝鮮、台灣等被壓迫民族」爭取獨立。

● 1941 年 6 月，周恩來佇〈民族至上參國家至上〉文中支持包括朝鮮、台灣在內的世界濟濟民族國家的獨立解放運動。

● 二戰拄欲結束前，中共召開第七次全國代表大會，會議記錄登載一份〈台灣等國留延安黨員致祝賀詞〉，呵咾中共長期支持東方各民族（包括台灣）的獨立運動。

● 1947 年二二八事件爆發，中共《解放日報》佇三月初八發表「支持台灣獨立」。

青峯一條一條分析，包括資料的出處，親像斯諾部分，道是來自《*Red Star Over China*；西行漫記》，青峯有這本英文書，是伊佇 1967 年來美第一學期佇大學書店買著的，伊有借尚舞仔讀過。青峯同時借尚舞一本 George Kerr 的《*Formosa Betrayed*；被出賣的台灣》，這本書是 Kerr 作美國駐台北副領事身分親身經歷二二八事件的記錄。兩本書加深尚舞仔的台灣獨立觀。

青峯作結論：「即馬，中共抹掉過去歷史情誼，想欲併吞台灣，這是背叛國際主義精神。」《水牛》創辦人李信岡面綠一半。青峯誠無簡單，未亂展，時機來，青峯將統一派暗軍一斗。併吞派大概想講台灣人有左派觀，定著像蕭俊雄、陳恆次，是親中國的。

來夠 1971 年秋天，時勢可講日日變。

1971 年 10 月 15 台獨聯盟加拿大本部赴中共駐渥太華大使館示威，抗議您併吞台灣的野心，展示台灣人民獨立的決心。

1971 年 10 月 18 聯合國討論「中國代表權」問題，台獨聯盟發動全球二十多處台灣人，舉行「鐵鍊示威」，展現台灣獨立的意志。

1971 年 10 月 26 台灣在聯合國席位被中華人民共和國取代，台灣官方自動退出聯合國，台灣煞變作世界孤兒。

1971 年 12 月中旬，沈劍虹大使應水牛城大學政治系邀請，作一場演講，講煞互人自由發問。尚舞仔學青峯，機會來，掠牢，有力反擊。

「傳聞國府有『中華台灣共和國』備胎，為何不用？竟然退出聯合國！」尚舞仔開砲。

「蔣總統指令：『漢賊不兩立。』中共入聯，中華民國當然退出。」大使一派外交人員的姿勢客氣答。

「據說您並不在決策圈，怎麼會知道？」尚舞仔存心互伊歹看。

「當然在啊，我是駐美大使嘛。」猶原足客氣的大使扮。

「不過，台灣退出來，傳聞您是看電視才知道的！」尚舞仔無客氣。

「你這台獨份子，無中生有！你叫什麼名字？」大使煞見笑轉受氣。

「勿互伊騙去！」阿水仔喝水會堅凍。

「叫什麼不重要！在位者葬送台灣生存空間，才可恨！」尚舞仔大聲譴責。

「天譴之！天厭之啊！國民黨政權。」有人紲咧喝。

當然，親像濟濟的這款場所，攏有國民黨爪耙仔。

※ ※ ※

天地魂遊，四箍籬仔恬靜，頭殼空空，想欲掠寡永過的代誌，出來哺，消遣長躼躼的時間。思緒爬山，愈爬愈食力，強強欲昏去，唔知人去。

意識飄渺裡，漸漸浮來一幕影像：月娥參伊尚舞仔及一陣朋友佇紅倉。您歸陣人咧食暗頓啉咖啡話仙，講仔講話仔話，青峯講起一禮拜前沈大使演講代。這時，月娥才知影尚舞仔參沈大使過招，唱說台獨，她歸個人面烏一半。彼暝，尚舞仔送月娥轉去，一路攏唔插伊，厭厭，無欲講話。

這是 1971 年 12 月聖誕節進前四五工，學校已經放假，阿水仔半年前提著碩士，去紐約市食頭路。尚舞仔這暝孤家，無人好解悶，睏抑未落眠。自沈大使演講會後，伊道咧思考，到底伊本身是咧追求啥物？生命的意義佇佗位？伊是欲讀博士作一個學者，娶某生囝，過平靜的人生呢？不而過，伊尚舞仔想著家己已經踏入去一步：秘密加入台灣獨立聯盟，宣誓：「偃倒國民黨政權。」今，伊敢欲佫踏深入去？

尚舞仔想起名言：生命誠可貴，愛情價愈高，若是為自由，兩款攏可拋。

嘛按呢想：「台灣人的自由唔是天頂家己落落來的，咱欲自由是靠咱革國民黨的命，才會得著的。」

紲咧，伊尚舞仔佫想起參月娥遊瀑布的感受：

窮實，瀑布嘛有啟示，人欲革命，著愛學水咧質變：「勇敢跳落斷崖，粉身攪石頭，沖化成汽，道可以昇天逍遙，嘛可以創造彩虹。」或者結成冰刀，可削可刣可割，道有本事雕刻大地新面貌。台灣人欲自由，著愛學水革命質變，創造新形式才有新生命。質變革命一開始攏嘛是少數者，由他來領導才有集体的新運命。

唔拘，伊尚舞仔嘛按呢想：

參沈劍虹一場小小對話，月娥道心驚惶。若真正去舞革命，參月娥的愛情怎拍算？

若唔肯深入去革命路，只是像濟濟的參與者，作一個秀才「週末革命者」，按呢革命敢唔是二日掠魚五日曝網，獨立革命怎會成事？

有影，人咧講：「秀才造反三年不成。」

一旦覺悟欲革命，彼時道是切入的好時刻，敢唔是？

尚舞仔陷落苦戰的牛角尖，思緒揚揚飛，心內碎碎唸：

六十年代初，彭聰明做夠台大政治系主任，台灣聯合國代表處的顧問，十大傑出青年，蔣介石召見，欲官有官，欲勢有勢，伸手可得。卻是，1964 年彭聰明適時發表《台灣人民自救宣言》，受密報夆摠去。判刑，國際壓力下特赦，軟禁，6 年後，設計逃脫出國民黨的天羅地網。佇三個月前，才親身去參加伊召開的台灣民眾大會。伊彭聰明潦入革命，我尚舞的生命，敢著比伊彭聰明卡有價值？所以，唔好去革命，以防赴死？為著革命，伊彭聰明拋妻棄子，啊，我尚舞，道唔肯放殺愛情？啥！殺死愛情？敢通遮呢殘？窮實，誠唔甘參月娥講西約那拉。今，若表明放殺博士學位，去作刣頭的革命代，月娥必然無法度接受。

黃武雄的切入點：佇伊康乃爾大學社會學博士強欲提著手的時陣。

1970 年 4 月蔣經國來美國訪問，機會難得，4 月 24 佇紐約市夯槍暗殺蔣經國，博士學位拍成臭火灰，革命的槍聲震撼全世界，鼓舞台灣人獨立運動。我尚舞，敢著比伊黃武雄卡重要？用博士學位作藉口，唔敢踏深入起哩？敢是死道友唔好死貧道？抑是別人的囡仔死未了？台灣人敢攏是即款的腳數？至少外公是好漢一條！外公西來庵廟公冊讀無我濟，伊煞卡有膽識，敢投入刣頭的 1915 噍吧哖反日大革命。冊讀愈濟煞愈是軟腳蝦？敢是按呢？唔是讀愈濟愈明理？抑是，因為冊讀濟，既得利益愈濟，濟甲唔肯放？

啊！若是講馬上切入去革命，無一技之長，家己道無能力生存落去，今，家己先無命！目前猶有獎學金月入二百八，未枵死，佫有淡薄仔喟力捐款革命運動。唔拘，講來嘛是厭氣，款額那鼻屎爾爾。

頂回去紐約參加民眾大會，有注意著攤販賣物。當時，有向攤販買燒狗，生理那像誠奢揚。知識分子肯作，唔驚未出脫；條條大路通羅馬，趁食應該唔是問題。可以唯路邊擔開始啊，先累積資金，再轉行作大的，親像餐館、進出口等等。革命需要真濟錢！唔是一個食頭路人，抑是學者可以傾有的！錢錢錢，我敢是見錢煞腦筋休逗！空思亂想呢？

尚舞仔想歸暝，想甲頭殼強欲迸開，總是無結論，忝甲睏去。

※ ※ ※

空空茫茫，無邊無涯，尚舞仔唔知身佇佗位，時間空間那像攏結凍，無進亦無退，吊佇遐無動無靜……時空親像咯咧起行，手彎仔感覺涼涼，啥物來回二三下，咯來那蠓仔虰著。啊，是啦，想起來啦，釘過沈劍虹大使。

修理沈大使以後，學位，愛情，革命，三國爭霸無時停。戰久，戰況穩穩仔拆分明：欲革命，只好放殺愛情及學位；摒過來，愛情參學位聯手大戰革命。革命是少數者，學位參愛情是大爿多數者，攏嘛是西瓜偎大爿！

心緒起起落落，來夠 1972 年 2 月初，春季學期拄欲開始，伊尚舞仔主意掠定。

將研究進度及成果提報指導教授 Dr. Thomas，然後向教授道歉會失禮。雖然伊尚舞仔個性豪爽，但是抽刀斬情絲，伊卻是無勇氣面對月娥，說分明；伊寫一張訣別詩，囥入批殼，拜託青峯轉交互月娥。

一腳帆布袋仔，內底是伊尚舞仔的衫仔褲、一本生物物理學的書、彼篇 MRI 論文抽印本，這兩本作紀念，納袋仔三四百美金，一箍人坐落灰狗巴士，來夠紐約大都會，參阿水仔擠公寓。地下鐵出入口趖，揣人話仙，走蹤一禮拜，探聽著一位西印度群島的波多里庫來的移民，叫 Jose 荷西，排擔仔有三年，累積一寡錢，欲去開餐館，一台三輾車的流動雜貨擔仔愛賣掉。

“Amigo,” 荷西講：「擔仔連倖貨，一百道好。」

“Amigo,” 尚舞回應：「安呢敢未傷過佔你的便宜？」

「萬事起頭難，」荷西相入尚舞仔的目珠：「你講起話來，幼中有粗，粗中有幼。」

荷西紲咧佫講：「看你讀冊人款，帶一寡江湖氣。按呢，誠適合佇紐約作這行。」

“Mucho gracia!”「真多謝！」尚舞仔抌頭。

荷西繼續講：「你，肯放掉斯文人的身分，欲靠雙手來拍天下，可敬！」

「你，那像是我過去的鏡中人，同是天涯淪落人，算我贊助你！」

“Amigo, mucho gracias!” 尚舞仔大力握著荷西的手。

“Amigo, de nada,”「免客氣，」荷西祝福尚舞仔：「拼！道會成功。」

真正是四海之內，散赤人攏是兄弟啊！

就按呢，尚舞仔開始賣雜貨，拍拼佫拍拼，暝日拼，風雪無停。選中國城地下鐵出入口，人濟，賣民生用品、細食、刮嘴鬚刀、齒抿仔、糖含仔、……等等。這中間，有時會想起月娥，嘛會想著博士學位，總是好漢無食回頭草，齒嘴根咬咧，向前舞落去。三年有成，告別路邊擔仔，佇皇后區的謝脈卡地頭，開一間食品雜貨店。早早開門，宴宴關門，薄利多銷，生理量足大，所以，辛苦錢是誠有收寡。出入的人是百百樣，有一工暗頭仔，是冬天時，欲九點，無人來，差不多著愛關門，伊尚舞仔照例坐佇收銀機前，人忝忝，那像是咧拄龜。

“Hold up! Give me money!” 掣一越，一枝槍對準尚舞仔。

“Easy, easy, brother.” 尚舞仔輕聲，寬寬仔說，鼻著酒氣。

“What do you want?” 尚舞仔凋工問，拖時間。

“Don’t be stupid, give me money!” 烏人大欉，目珠凝旺旺，夯槍的正手小寡掣咧掣咧，看來是酒鬼，抑是食毒的，毒性佫欲發作前兆。

“Can I drop my hands? ” 尚舞仔目珠相搶匪仔。

“No!” 搶匪仔喝一聲。那像是初次搶人，無啥經驗的扮勢。

“But I have to open the cash register.” 搶匪仔抌一下頭。尚舞仔雙手穩穩仔放落來，慢慢仔拍開收銀機，想後一步棋欲怎行。

“How much do you need?” 尚舞仔擲青問搶匪仔。同時，注意伊的槍，尚舞仔正手徙咧，確定藤條的位置。

“All you have!” 搶匪仔大大聲喝。

“OK, OK. I will give you all I have.” 尚舞仔將銀票攏總唯收銀機抽出來。

尚舞仔金金相搶匪仔，夯槍的正手猶原掣咧掣咧。這時，尚舞仔倒手攄一大塔蓬鬆的銀票，緊徙過櫃台誠闊的桌面，攄向搶匪仔。尚舞仔凋工失手，彼堆蓬鬆的銀票怎仔佇桌面散開來，搶匪仔用倒手咧掃咧抾散散的銀票，正手的槍煞偏歪去，彼瞬間，尚舞仔正手一枝藤條，咻一聲，槍跋落，佫咻一聲，著搶匪仔頷頸。這時，尚舞仔雙手按櫃台，出力蹤身一飛，順勢踢落去，搶匪仔四腳蹺天，但是猛掠，隨爬欲起來，尚舞仔順勢將伊揪起來，等伊猶未徛栽，尚舞仔雙手將伊倒手骨掠恆，尚舞仔隨翻一個身，向前傴低，來一手柔道手法順勢一幌過肩胛頭，磅一聲，搶匪仔倒佇遐哼。尚舞仔將槍抾起來，押搶匪仔出店門。

尚舞仔無叫警察，因為酒鬼、食毒的誠濟，是社會問題，唔是監獄有法度解決的。親像烏人問題，是族群無平等致使社會資源分配無公平，唔才有六十年代馬丁路德．金領導的烏人民權運動。

生理歹作，那咧跋生命咧；偷提，搶劫是時常咧發生。後來，將雜貨店脫手，1977 年伊尚舞仔改經營日本料理。中國菜價格低，利潤少，日本料理起價懸，利潤好。尚舞仔開日本料理店，有另外一層原因，料理講究：色、香、味，中國菜、日本料理攏可以作甲色香味一流水平。但是，佇色這項，道是目珠的享受這項，日本料理懸出一丈。您的碟、碗、盤、湯匙、箸等等餐具的組合呈現，參料理搭配是處處藝術，一頓日本料理佫是一款眼視藝術高度表現，目珠三分滇，腹肚七分飽，是誠健康誠藝術的飲食文化，日本人長歲壽，道理道佇遮。色這一道，可講是日本人的料理革命，無輸您共款是料理革命的生魚料理「莎食物」。

「東京」日本餐廳上軌道，無偌久，尚舞仔嘛開一間酒店，美國仔愛啉酒，賣酒比賣料理佫卡好趁。1979 年尚舞仔唯皇后區搬去紐澤西愛迪生鎮，佮作進出口貿易，嘛投資房地產，事業誠有規模。

台灣人講錢淹腳目，有影咧，銀票一張一張用手是抾未離！攏嘛是用掃的，用算票機算，準佮緊！這時，尚舞仔意氣風發，達成離開水牛城所定的目標之一：開拓資金財力，暗中資助台灣獨立革命運動。親像 1989 年以來的一波佮一波的烏名單闖關回台行動，親像蔡正隆受美國本部主席陳培弘之命，先探路，佇八月成功回台，佇高雄的世台會現身，然後各地街頭演講台獨理念及行動，是救台灣唯一之路，轟動全台灣，足足有一個月，才去互鎮暴人員摠去，遣送回美國。紲落主席陳培弘本人佇秋天成功出入台灣，其中有一齣現身立委競選佇台北中和体育場的演講造勢晚會，佇軍警層層包圍的緊張場面之下，用計將電火化去一分鐘的空縫，全場濟濟人掛起痟鬼仔殼，演一場那夜婆俠的脫身本事。抗爭三年，佇 1992 年台獨聯盟成功遷黨回台，有的走水路，親像獨立聯盟秘書長王康陸，有的化裝坐飛行機，親像獨盟主席張景鋈。台獨鮭魚回鄉的戰鬥，伊尚舞仔攏大出手金援。

前後二十外冬的台獨運動參與，尚舞仔嘛有影响著一寡人，親像當年佇水牛城熟悉的賴弘文齒科醫生，佮佇紐約拄著，尚舞仔引介伊加入台獨聯盟，賴醫師一路認真為獨盟拍拼，下班時常去機關處處理種種的代誌，另外，人權會、同鄉會逐項參與服務。

明的，尚舞仔是同鄉會幹部，佇 1984 年做夠紐澤西同鄉會會長，1985 担任總召集人主辦美東夏令會，紲落，連任 5 年的美東夏令會理事，1990 年擔任理事長。參許青峯有十外年無見過面，1985 年夏令會佇麻州的 University of Massachusetts 舉辦，青峯有來參加，大會結束彼中晝，特別揣尚舞仔開講。

「大會主題：『求真理、疼同胞、愛人類。』誠有恢宏境界。」青峯呵咾。

「彼是理事會共同激頭腦，定的。」尚舞仔講，唔敢獨佔成果。

「你開幕致詞，特別台語、客語雙聲道，尊重客家語族，誠讚。」

「福佬是多數族群，心胸著愛闊，有包容心。」尚舞仔回應。

「鍾肇政主題演講台灣文學的特色，以客語發言，意義重大。」青峯絀咧講。

「大會重視族群和諧，請全美客家會會長劉福棟台語翻譯。」尚舞仔說明。

「尚舞，你主持政治討論會，面面照顧著，展現你一向的協調功力。」

「青峯，你誠敖褒。」尚舞仔感謝在心。

「尚舞，你看阮台灣時代蔡節的表現，啥款？」蔡節是台灣左派發言人。

「誠利，問題掠咧精準，回答清楚，台灣民族革命提法足有說服力。」尚舞仔照實講。

一談才知影，多年來，左派的青峯開拓一條台灣文學運動路草，伊講是：「為政治革命的骨架，賦予文學藝術的肌肉血路，互革命活跳起來。」尾後，尚舞仔有問起月娥在何方，青峯講伊嘛唔知。

伊蔡尚舞佇同鄉會及夏令會是舞甲風風光光。每年參加的人攏超過一千五百外名，1986 年甚至懸甲二千六百。1991 年夏令會特別頒一塊匾仔感謝尚舞仔，感謝伊多年特出的貢獻。另外，伊尚舞仔嘛招待島內來訪的玉山神學院原住民音樂團、政治、社會、文化人士。您誠濟去愛迪生鎮內尚舞仔的徛家厝過暝，包括言論自由這條路草蓊蓊的開路者鄭南榕的夫人及查某囝，開拓台灣文化的前衛書局頭家杜文欽 1990 年來領關懷文化獎，嘛攏來滯過，選台南縣長的吳水扁參夫人陳淑珍嘛滯過您後生 Jimmy 的房間。

伊尚舞仔商場舞，台灣人運動嘛舞。若是革命的代誌嘛，伊攏是打扮變裝，有時紮槍顧台獨聯盟機關處代號「咖啡室」。有一改，開車載獨盟主席張景鋆去會蘇聯情報人員，互相交過文件，張主席謹慎，身轉一輾。

「尚舞，」主席輕聲喝：「FBI，緊來離開。」您兩人往停車場緊行。

「你敢猶會記得，咱聯盟的跟蹤、反跟蹤的訓練？」主席問。

「會，佫嘛特別去學反跟蹤的開車特技訓練。」

「按呢好，放心。」

您坐入車，隨發動，駛入大街路。一路開入中國城，遐，街路彎彎越越，伊尚舞仔佇遐排擔三年，路草誠熟。

「尚舞，注意，您有二台車。」主席提醒。

「佗兩台？主席。」尚舞仔看向反射鏡。

「白色彼台，佇咱後壁，紅色彼台佇白色後面。」主席講。

「好，知。」

雄雄，開入一條兩線的單行道，反向走。哇！FBI 兩台嘛學伊反向開入來。有車面對面來，伊緊閃開，同時捍導攄緊紡 180 度，調回單行道的方向，隨緊衝。好厲害，FBI 佫照抄，猶是跟牢牢。佇兩線道頂，白色彼台佇倒手爿，對佇伊尻川後，紅色彼台換開佇正爿。相著頭前遠遠有一間加油站，佇十字路口，伊超速開，欲夠站，差不多是用平行手法盤車，閃入加油站；白色這台 FBI 反應未赴，直衝過十字路去，無法度回頭，紅色彼台停佇路的正手路肩。

油加滿了，時間一秒一秒咧流失，伊尚舞仔聽著家己的心，磅！磅！地跳……等路頂車輛來來去去，紅青燈切換，掌握四面八方路況。青燈拄拄仔轉黃，趁猶未切落紅燈的半秒空縫，伊尚舞仔將油門踏夠底，車那槍子射出去，同時快速轉入倒爿的街路。跟蹤的 FBI 車輛因為靠單行道的正手爿，雖然也緊急欲照抄，但是，一來您離紅青燈卡遠，二來您愛轉卡大越，才會完成倒越，所以，已經未赴，燈早道轉紅。垂直方向是雙行道，原本等佇十字路口的雙行道的車輛，因為青燈信號，攏嘛那猛虎出閘，一隻接一隻，無空無縫。準講 FBI 想欲連鞭違規闖紅燈倒越，嘛是無可能啦。掌握這短暫走出 FBI 視線之外的瞬間，伊尚舞仔馬上將車正越，切入一條小巷內，飛速成功避開 FBI 跟蹤。

主席張景鎏及伊同時喘一個大喟。

張主席早道知影尚舞柔道烏帶五段，即馬佫見識著伊開車技術老。八十年代初，1984 年江南謀殺案進前，風聲國民黨欲對獨盟主席張景鋈落手。主席指定尚舞作保鑣，彼時，伊尚舞仔定定載主席暝暝徙岫，閃過濟濟驚惶代，詳細過程屬於台獨聯盟革命機密，尚舞仔封嘴，佇遮，咱道無法度臬！

※　　　　※　　　　※

天界魂遊，尚舞仔的思緒，那像童年安定鄉曾文溪邊的田蓬花絮，揚揚飛，亂紛紛；頭殼休逗的款，年代跳來跳去，重要的人生代，娶某的驕傲代，佇這陣思緒飛飄的十字路口，煞險險放未記持去哩。1975 年離別路邊擔的日子，開始經營雜貨店，無某無猴，男子漢生命裡欠一味；有時暗時睏未落眠，雖然枕頭共款是軟軟綿綿。1972 年春，伊尚舞仔參月娥分手，夠今 1976 年，唔捌佫鼻著粉味，唔捌佫唚著綿綿柔柔燒燒的嘴唇及那蛇的舌，只有銅錢臭，這款人生奈有趣味。

有人紹介林冬妹，台灣桃園來的客家姑娘。

伊蔡尚舞一身人舞來舞去，伊有上驕傲的一句話：「上有成就的道是：我府城郎娶著細妹恁靚的林冬妹，育飼兩個飄翩的囡仔，助我職場發展事業，互我有嘪力拍拼台灣人出頭天的事事務務。」

天界魂遊，天長地久。

無邊無涯，一時感受著，天体核子磁力場那像咧轉向，作 180 度轉踅，對著磁力場新方向，一身人飄入一段暗暗烏烏烏烏暗暗長躼躼躼躼長的磅孔，魂遊出孔口來，唔知身在何方，身軀愈來愈重起來，煞啊！沉落綿綿的啥物的款勢。

這時，有聲悠悠傳來，嘛感覺有人牽著伊的手，指頭仔擲咧。

紲落來，聽著一聲幼幼：

“I do.”

然後昂聲一句：

“Now I pronounce you husband and wife, you may kiss the bride.”

溫燒貼落嘴唇，伊尚舞仔人怎仔精神過來。

發現伊人倒佇病床，冬妹彎身佇伊正爿，倒爿是月娥咧扎脈，伊驚一趒。

冬妹向翁婿略略仔講經過。

原來，冬妹彼暝看伊尚舞仔昏迷不醒，緊叫查某囝 Jenny 拍電話，叫救護車。送夠病院，目珠仁已經散開來。

彼暝黃月娥輪值，她拄好一個月前唯西雅圖徙來愛迪生大病院，接腦神經科主任的缺。一看是伊蔡尚舞急診，緊送去作 MRI 檢查，發現是腦沖血。按呢，1993 年六月底，尚舞仔昏迷三日，過程有針頭殼放血降壓，種種檢驗，護士抽血；月娥時時來查病床，扎脈，聽筒檢查五腑六臟。

舞魂歸來矣，尚舞仔感恩兩位心愛的人救伊一命。

救著尚舞仔起死回生，月娥誠安慰；唔拘，想著 21 年前的訣別詩，她，即馬，有一點仔哀怨，當年情人無互她生長的機會；今，情往矣，只好……

※　　※　　※

人生誠濟意外，意外的總合道是人生。

伊蔡尚舞留學北美洲，放殺愛情、博士學位；行上多姿多彩的人生革命路草。今，翻頭看，伊有一款領會，那像美國詩人詩篇〈路草〉的尾節：

佇樹林裡兩條路草分開來，啊我——
我選彼條蓊蓊少人行踏的，啊彼造成的
精差拄拄好是上可貴的。

——寫佇北美茉里鄉，2012 春初稿，2013.7.22 定稿

2014.1《台文戰線》第 33 號

簽證

經理 John Esselman 問：「青峯，日本去台灣誠近，你敢無想欲轉去台灣？看恁爸母！」

聽著經理遮呢仔有人情味的提問，許青峯腦神經以光速將盤古開天以來，佇北美洲 14 年來的起起落落的大細項代誌，攏總餾一擺；青峯隨了解知影，經理這句話足歹回答。唔拘，這時無彼款美國時間長篇大論講古。

「John，有影，誠近。商務會議煞，道來去台灣一綴。誠多謝！」趕緊回話。

許青峯參經理埃蘇曼代表西屋公司，欲去日本神戶出張，飛行機拄才佇水牛城起飛無偌久，猶佇水牛城邊的伊里湖上空。您坐頭等艙，隔壁位。無張無持，經理雄雄問這款問題。當然，伊無怪經理的意思，事實上，一向經理是誠体貼照顧伊。親像，1980 年青峯欲改善英語會話，需要英語矯正師指導，埃蘇曼經理隨吩咐青峯去進行，叫矯正師直接開帳單互伊。青峯誠有工程才華，解決公司發電廠業務的濟濟疑難雜症，誠得埃蘇曼器重。

青峯 1967 年 8 月來美國留學，夠今，1981 年 6 月，足足有 14 年，唔捌佫踏腳夠台灣一步。老爸捌拜託青峯的一位大學朋友，趁伊來美國考察農業的機會，佇 1977 年春天來水牛城看過青峯，親口傳老爸的話語：「敢是將台灣攏放未記持去啦？」當時，許青峯有請這位大學朋友，傳話轉去互老爸。

當年，台南灣裡曾文寮人許青峯出國留學。爸母兄妹攏夠松山機場送別，青峯向阿娘講起：「研究所讀煞，道轉來。」青峯誠心是按呢計畫。不而過，時勢扭曲時空，1973 年提著工程博士，去西屋公司食頭路以來，台灣煞一直是「黃昏的故鄉」，腳踏未夠的迢迢路草。

這工，1981 年六月初五，飛佇三萬英尺的北美空中，青峯開始神遊故鄉，14 年無看見的台灣，唔知變作啥款樣？曾文寮佇曾文溪邊佷灣裡糖廠，冬尾時仔，製糖的排水溝帶有糖味芳，浮佇曾文寮的空氣裡，唔知猶共款無？冬尾時天寒，參老爸去糖廠燒水浴間洗身軀的往事，這時嘛浮起來。

代先，愛通知牽手林明珠：「會議煞，會轉去台灣一綴。」

班機飛西雅圖，佇遐換日航飛東京成田機場。

青峯寫一張批，交代她行程有改變，佇西雅圖機場將批投落郵筒。

初六下晡飛夠成田空港，轉大阪，佇黃昏五點夠，隨坐計程車往神戶，滯入東方大飯店，三菱重工株式會社接待食暗頓，每人一客神戶牛排。隔工是禮拜日初七，參青峯熟悉七年的三菱工程師山本一郎博士親身來，掔青峯怹西屋四個人去奈良遊覽東大寺及六甲山。青峯這擺來三菱開會，道是山本博士指定的。事實上，這款工程技術會議一向是經理層的人來，這擺，除去青峯，其他三位是一層經理一個，二層的二個，埃蘇曼道是二層的，青峯的一層經理無來，道是因為三菱按呢指定欲青峯去。

東大寺邊仔有一個「鹿苑」，鹿隻來來去去，遊客買飼料，鹿道來取食，參人誠親的款樣。不而過，許青峯感覺「鹿苑」的鹿失去野性。伊即馬徛居佇北美洲的厝埕裡，鹿隨時來來去去，自由自在揣草喫揣樹葉食，靠家己生存。青峯的故鄉灣裡曾文寮，嘛有鹿，有徛有搵的，不而過是佇壁畫裡，佇怹阿公 1936 年起的彼落厝的客廳裡。青峯咧想：「共款是鹿，三個政治地理環境，煞是三款鹿情。」

中學時代許青峯誠愛文學，但是，台灣社會功利掛帥，伊大學選工程。伊定定咧想，伊唔是個例，歸帆的台灣留學生攏是理工科的，誠欠人文的，有時伊感覺遺憾。食頭路了後，青峯有閒開始踏入台灣民族文學史的探討，捌看過台灣新文學之父賴和的兩張相片，分別是 1939 年及 1941 年佇鹿苑參鹿的影像。1939 年彼張，一隻鹿頭犁犁，家己食草，邊仔是賴和徛佇一欉大樹腳，現場只有您兩箇，您人鹿和諧存在。賴和看透公園裡薄薄的霧氣，直通歷史底蒂，這幅相互青峯想起來，賴和詠 1895 年台灣民主國的兩首詩。

前詩：

旗中黃虎尚如生，
國建共和竟不成！
天限臺灣難獨立，
古今歷歷證分明。

後詩：

旗中黃虎尚如生，
國建共和怎不成？
天與臺灣原獨立，
我疑記載欠分明。

前後觀點一百八十度改變，寫盡賴和霧中看透台灣歷史的真相。青峯按呢想：歷史是族群集体行為的記錄，單單一位賴和無法度創造歷史；咱若有濟濟的賴和，1947 年的二二八道會改寫了二次大戰後的台灣歷史；台灣人道已經掙脫數百年來受人殖民的運命，整整一代的台灣人泛勢道免離鄉背井流浪世界各地。

1941 年彼張有一群鹿，賴和參朋友分別手懸懸提飼料，咧飼兩隻「鹿苑」的鹿，四籬籬仔佫有濟濟遊客。這時人佇奈良的青峯好奇，有人文素養的賴和醫師文學家當時唔知按怎看鹿咧？有飼及無飼敢是兩款情？敢是有差別？當然 1981 年青峯按呢想的時，賴和早道作仙幾十年，不而過愛文學的青峯對賴和總是有寡了解。賴和有詩篇，1925 年的〈覺悟下的犧牲〉及 1930 年的〈南國哀歌〉，前篇是向二林四百外名農民致敬，贊揚他反抗製糖會社的剝削，後篇贊揚哀悼阿泰爺族原住民佇霧社起義反抗日本政權的暴政。〈南國哀歌〉按呢結束，點出詩的旨意：

兄弟咱來！來！
靠咱這身命佮您拼！
咱佇這款環境，
干單忍生有啥路用，
目前咱雖然得未著幸福，
亦著愛替子孫拼鬥。

唯詩篇許青峯感受著賴和疼痛弱勢者的恢宏心胸，嘛一點一滴認知台灣歷史真面貌。青峯佫領會：「兩篇詩篇可比是台灣人一款唔願作日本政治『野郎』的『馬鹿』的文學心聲。」青峯這時心想：「當今，台灣留學生嘛無愛作另外一擺殖民政治『野郎』的『馬鹿』」。

許青峯看著鹿苑的鹿仔，煞著驚：「無人文素養的台灣人，只是一群經濟動物，敢會？像古早滿滿是的台灣鹿，消失佇台灣平洋山崙草埔。」

佫進一步想著：「抑是？互人飼佇『鹿苑』裡，替頭家生產鹿茸、鹿皮、鹿脯、鹿草、鹿鞭。」

青峯有時會連環想，煞愈想愈深：「逐鹿台灣，鹿死！誰手？」

紲落佫有：「逐人台灣，人半死！誰手？」

最後，許青峯想起 1977 年張文和來美國出差時，有來拜訪，伊青峯有請張文和傳話，道是有這層鹿的旨意佇咧：「台灣人留學生佇咧追求作自由的鹿隻，佇咧創造台灣新的政治生態環境，為台灣鹿為台灣人揣生命之路。」

這綴若是會當轉去，青峯想：「免佫第三者傳話，講甲彎彎曲曲，真正的心意煞有時走精去。」

紲落是初八夠初十，總共三工的工程技術交換會議，會所是三菱的高砂研究所，佇神戶西爿的加古川市。初八暗佇研究所有盛會招待，然後，去享受馬殺褶按摩，初九佇神戶的高級日本料理店晚宴，紲攤是去夜總會唱歌。

佇夜總會，許青峯酒啉有夠，有一寡馬西馬西，戇膽唱一條日本情歌：〈ここに幸あり；幸福佇遮〉，日語歌詞附有青峯的台語翻譯如下：

一、

嵐も吹けば　雨も降る　女の道よ　なぜ険し

有時天頂透大風　有時天落雨　姑娘伊的人生路　怎樣遮風險

君を頼りに　私は生きる　ここに幸あり　青い空

郎君互阮來倚靠　阮道好運命　幸福滿滿阮佇遮　藍天啊藍天

二、

誰にも言えぬ　爪のあと　心にうけた　恋の鳥

無人好吐阮心情　爪痕啊爪痕　深深刻落心內啊　戀夢愛情鳥

ないてのがれて　さまよい行けば　夜の巷の　風かなし

無佗位啊通逃脫　數想啊流浪　暗夜寂靜街巷內　風是遮淒涼

三、

命のかぎり　呼びかける　谺の果てに　待つは誰

人生路途誠苦短　深情咧呼叫　聲聲廻響山谷底　誰啊咧等待

君によりそい　明るく仰ぐ　ここに幸あり　白い雲

郎君互阮好倚靠　瞻頭有光明　幸福滿滿阮佇遮　白雲啊白雲

這首日本情歌有寡歷史因緣。1967 年許青峯去夠賓州中部一間大學讀工程碩士，參一群外國留學生來往，有菲律賓、有印度、有日本、有阿根廷的。有一工菲律賓姑娘 Aurora 咧唱一條英文情歌，日本小姐小泉綠講，彼是您日本歌叫作〈ここに幸あり〉，她紲咧教逐家唱日本原歌詞。大學第四年青峯有選修日文，小泉小姐一教，許青峯誠愛，一牢十四年。

這條〈ここに幸あり〉日本情歌，可比是台灣版的吳晉淮的〈關仔嶺之戀〉；雖然男女角色對換，女主角的哀怨換男主角的「阿娘仔對阮有情意」的輕快；兩首攏是有情有愛，唔是政治彼款的對敵之間的殘酷及無情，親像霧社事件，抑是二二八事件。許青峯想著欲來回台灣，初九暗佇夜總會，馬西馬西中參伴唱小姐多情唱〈ここに幸あり〉，漏出少年時遊關仔嶺的一段戀史。

事實上，初九下晡，青峯有離開會場，去一綴日本航空佇神戶的辦事處，劃大阪飛台北的班機，同時，亦翕二吋大頭像，洗三張，因為用美國護照去台灣需要簽證，簽證欲愛旅客的班機行程及大頭像。

三工的技術交換會議佇初十圓滿結束，賓主兩歡。

想著欲轉去，轉去離別 14 年的故鄉台灣，六月初十暝，青峯煞失眠。𡁜不終，坐佇椅仔，看十樓窗仔外的大通。佇夜半的神戶，目珠看著的是：猶是車接車，車燈火那游龍，順著神戶港墘，南來北往奔馳。耳孔聽著的是：電台傳來美國鄉村歌謠的旋律，這是 John Denver 佇日本演唱會錄音的〈Take Me Home, Country Roads；挈我回鄉，故鄉路〉，這條歌傳唱世界各地；這是美國歌手 John Denver 成名的招牌歌，歌詠 West Virginia 故鄉：

Almost heaven, West Virginia
Blue ridge mountains
Shenandoah river —
Life is old there
Older than the trees
Younger than the mountains
Growin' like a breeze
………………………………
And driving down the road I get a feeling
That I shoud've been home yesterday

Country road, take me home
To the place I belong
West Virginia, mountain momma
Take me home, country roads

West Virginia 是青峯徛居的紐約州南爿的賓州南爿的隔壁州，這條歌許青峯時時聽，是思鄉的鎮定劑。佇神戶失眠的暗暝，煞聽甲足激動，隨著歌聲，心飛向關仔嶺大棟山嶺西爿的嘉南平洋裡，曾文溪南的曾文崎邊的曾文寮莊，曾文崎那像這時的神戶港墘的大通，是古早台灣南來北往的隘口，落南是府城路往台南，落曾文溪上北去麻豆可往諸羅地。

聽著〈掣我回鄉，故鄉路〉，青峯情緒強烈，想欲行踏曾文崎故鄉路——歷史的隘口。1630 年代，荷蘭總督派兵鎮壓麻豆社及蕭壠社詩拉椰族的關卡，佇荷蘭、鄭家王朝夠清朝初年，嘛是 1651 年明朝浙江寧波文人沈光文移居曾文寮莊出入的渡口，佫是 1697 年探險家郁永河坐牛駛的笨車潦落曾文溪的津口。曾文崎是許青峯囡仔時代探險的溪坎林地，挽野生桑葚葉仔飼娘仔的所在，或者釣魚摸蜊仔的小溪仔。

青峯阿爸講古：

「後來，日本官府佇曾文崎設砲兵營鎮守，嘛是牛隻南來灣裡牛墟，或者北往塩水參北港牛墟的渡口。傳說荷蘭總督，叫作啥物浮套鑾士 (Putmans)長官，佇遮歇晒感覺誠清涼，人報講是因為烏金所致，煞將烏金挖去，园入轎誠重，轎夫擋未牢，總督甘願家己落來行路。」

作囡仔的時，鄉老老車叔公捌向青峯講起：「台灣民主國的大統領劉永福騎馬唯曾文崎起來，往府城台南，可惜，伊看唔是勢，扮成阿婆仔坐德國船跟港廈門，辿！」

青峯是按呢想：「反正伊劉永福唔是台灣人，免參台灣共存亡。」

紲落，青峯佫想起老車叔公講：「北白川宮親王嘛唯曾文崎起來，伏佇馬頂，傳說伊佇佳里互抗日義勇用『竹篙門菜刀』割著頷頸，騎馬夠灣裡街仔歇晝。」

曾文崎看盡台灣近現代歷史，這是許青峯探討台灣史所抾積起來的一寡台灣歷史認知。遮，攏是青峯過去台灣 16 冬正規教育裡，讀未著的，因為殖民統治者將遮攏總削掉，他，驚台灣人了解台灣人的前世今生。所致，您橫柴入灶，用來燃煮一坩中原數千年文化醬臭酸糜，灌飼馴化自由自在的台灣野鹿。

人講故鄉只生佇出外人的心中。

離鄉十外年，出外的青峯感慨故鄉的歷史遮呢苦長，那像一條苦苦苦的長長長的苦瓜，唔拘苦罔苦，總是家己的歷史，道是知苦，唔才愛拼改運命！

一暝睏無好，起床這工六月十一，經理家己回美國，許青峯去大阪。青峯佇自動賣票機前挅無寮仔門的款勢，有上班的日本人自動來幫忙，佫掣伊上車。三十分夠大阪驛，佇驛前交通情報案內所，問好台灣領事館號稱「亞東協會辦事處」的所在。

大阪第一大飯店佇驛前一條街外，先將行李园入飯店，隨照案內所畫互伊的市區街路圖，揣夠大阪市西區土佐堀一丁目四番八號日榮大樓。電梯直通四樓，行入辦事處，誠安靜，無人來申請。辦事員有講台語的，嘛有講北京語的。許青峯用美國護照表明欲申請台灣簽證，台語腔口的承辦員互青峯申請表。青峯坐落來填表，填好，參飛機票及三張大頭相片，交互承辦員，時間大約是早起欲十一點。

辦事員好禮仔講：「你下晡三點來提。」

唯辦事處出來，這時佇日本大阪的許青峯，真正是美國時間誠濟，濟甲需要去掃大阪街路，刣時間；中晝揣一間簡便料理店，叫一客咖哩柑仔蜜醬炒飯，穩穩仔食，撐渡過時間。

聽承辦員口氣，簽證應該無問題。按呢，明仔載六月十二道轉去夠台灣。時夠，厝裡的人敢會驚一趒？想著欲轉去台灣，誠興奮，不而過，敢真正會當遮呢簡單？

伊想著家己做過水牛城台灣同鄉會 1979 年會長。

誠拄好，1979 年 12 月初十世界人權日，佇高雄發生美麗島事件，黨外民主政治運動掣頭人士一個一個攏互國民黨政權掠去，以叛亂罪起訴。

本誠，許青峯會長邀請游仙龍佇 12 月 15 來同鄉會演講。美麗島事件發生，台灣獨立聯盟及其他全美台灣人組織咧籌備成立「台灣建國聯合陣線」，欲共同來對付國民黨政權的惡霸，將伊唯地球頂消滅。所致，游仙龍手下的人通知許青峯，取消演講會。

許青峯趕緊召開幹事會，討論結果，共日期，改作美麗島事件座談會。時夠，一間視聽教室一百座位齊滿，佫有誠濟人徛咧。許青峯會長主持，作一個簡報，隨請三位座談引言者，各作三分鐘破題，然後開放眾人發言。許青峯感受著氣氛誠熱，平常時，台灣同鄉會辦政治討論會唔捌有過遮濟人，有足濟人攏是唔捌看過的，唔是同鄉會會員，甚至有親中共的人士，親像青峯大學的外省同學張大仁大統派道在座，當然應該亦有親國民黨的。發言者砲嘴攏對向國民黨政權故意製造事件，欲消滅台灣黨外民主政治運動。

這層代誌，一年半前才佇美國水牛城發生。這件代誌敢會影響簽證？準講，會影響，您敢會知影？日本是日本，美國是美國，隔一個大大的太平洋，日本的亞東協會台灣外交單位無可能知影啦，青峯按呢想。

許青峯會記持誠濟人講話，包括杜文勇彼暗嘛有講話，佫喝偃倒國民黨政權。杜文勇才拄佇五月初挈某仔囝轉去台灣探親，夠今，已經有一個月矣，水牛城無人聽講伊文勇有啥物麻煩。

佇料理店磨夠下晡一點，歹勢佫坐落去。佫去掃街路，大阪市無熟，唔知佗位去，行行行，行夠一條橋頂，鼻著河水有海味鹹鹹。這，互青峯記持細漢時，大約是 1947 年台灣大動亂之年，佇伊大病開刀療傷復原之後，阿娘挈伊去高雄看港口暨愛河的印象。

一別十外外年，回想松山機場彼句話：「研究所讀煞，道轉來。」感覺對老母誠虧欠。

小妹愛子來批捌提起：「阿娘，佇田裡作穡，有時想著道哮哮咧。」

青峯知影，當年，阿娘真無意愛後生出國留學，只是無講出嘴來，青峯近年來，將阿娘的心思寫成一篇詩〈曾文溪埔的烏秋〉：

聽講甚麼？
海外有烏名單的飛鳥
敢是那像？
曾文溪埔飛天的烏秋
唔拘
烏秋雖然秋天後消失
總是若夠春天
您會佫飛轉來嘉南平原

徛佇橋頂，青峯想起昨日暝佇夜總會的歌聲：「青い空，白い雲；藍天啊藍天，白雲啊白雲。敢是有機會來轉去？轉去雉雞會叫天的曾文溪埔田地！」

這時，青峯心內絞絞滾，敢真正道會當來轉去台灣看阿娘？

伊心內講：「欲來去坐噴射雲，渡藍天，飛轉去曾文溪岸的糖鄉灣裡；甘蔗滿溪墘的曾文寮；幸福滿滿阿娘遐，她作穡的田園世界。」

青峯欲親口向老爸講出心內話：「台灣人唔願作戇鹿夆採茸割鞭，欲作自由自主的野鹿。」

伊嘛想起牽手明珠及兩個細囝，水燕六歲，水琳四歲。啊，青峯有一絲仔不安。

青峯咧僥疑：「若是，人怎仔牢佇台灣，您欲按怎？」

心思滿滿，一時，一台救護車的響亮叫聲，拍破伊的鄉思，才回夠現實的日本時空，隨描一下倒手的手錶仔，一看，差十分強欲三點。緊翻頭，踅轉去日榮大樓。

參早起共款，接待室無人來辦代誌。

早起的承辦員，猶認得許青峯。

「許先生，歹勢，阮未當互你簽證。」承辦員手提一份資料，是早起許青峯的申請書的款。

「為啥物？早起，你唔是講好，下晡來提簽證。」許青峯問。

「歹勢，請阮主任來參你講。」承辦員行入一間辦公室。

許青峯等佇遐，有一寡失望。這時，一位大約五十出頭的人，來夠櫃台，向青峯自我紹介，講伊是簽證主任，話帶一款重重的外省腔。

「許先生，很抱歉，你的簽證申請，不能核准。」主任誠客氣，外表一派外交人員的好禮扮，雖然內底有可能是狼心狗肺。

「為什麼？」許青峯等伊的回答。

「是這樣啦，電腦裡有你的資料。」主任話中有話。

許青峯掣一趒，原來，國民黨駐外單位用電腦掌控僑民資料。人佇美國的情資，佇日本，您嘛一查道清楚。

「什麼資料？」青峯隨問。

「這，不便說？」青峯這時想起 1979 年做會長的代誌，這敢有關係？

「有什麼不能說的？你們這不是故意刁難嗎？」許青峯有逼伊表態的意思。

「確是我們職責不能核准。不過，可以送台北審核。」主任說明。

「要多久？」

「大約一個禮拜。」

「會核准嗎？」

「有可能核准，但是，不能保證。」

「來日本出差，不能等上一個禮拜。」許青峯講。

「當初為何不在美國早早申請呢？」

「臨時起意，想回去看看父母親。」許青峯將經理建議省略無講。

「原來是這樣子。」

「請退還簽證申請書。」

承辦員欲將申請書直接參美國護照還許青峯。主任用手擋咧，將申請書接過去，主任將一頁的申請書倒爿捒闊一吋左右一長條，下面正角嘛捒去一吋見方。

「你們怎麼這麼霸道，破壞公文。」許青峯抗議。

「抱歉，不能透露簽辦詳情。」

「不給簽證沒關係，反正可以照飛台北，落地簽證。」

「許先生，落地簽證已經取消多年，勸你別白飛一趟。」

將護照及捌過的申請書囥入納袋仔。踏出亞東協會辦事處大門。坐電梯落夠第一階，行出日榮大樓，六月十一近黃昏的大阪天。

伊青峯戇戇仔掃過大阪的街頭。

John Denver 的〈故鄉路〉無法度「挈伊回鄉」。

這時〈ここに幸あり〉情歌的旋律來夠伊的耳孔，女主角彼款哀怨無奈的情緒罩落來，嘛撩起寫阿娘心思的詩篇：〈曾文溪埔的烏秋〉，一去十外外年，夠今猶是失踪的烏秋。

您按呢掌權，決定伊許青峯未使回鄉。

其實您國民黨政權嘛掌管恁留學生的出國。出國了後的青峯才了解啊，了解留學政策。

照理講，互留學生出國，結局百分之九十九無回頭，等於是替外國培養人才。因為有辦法出國的是大學生上好的一層，奈忍心將上好的一層刮去？原來有二大原因。

第一，是提供互外省子弟離開台灣的方便之門，因為，反正，您濟濟外省人將台灣當作是一個客居之渡站爾爾，唔是長滯久安的島嶼，您甚至辦過一擺高中生留學，單單一擺，攏是大官虎的子弟按呢出國去，副總統鄭誠後生鄭大安就是其中一位。

第二，高壓統治下，精英有覺醒的一工，您會起來反抗，簡單方法是將恁攏踢出去外國，聽好攏勿轉來。

不而過，國民黨算盤雖然拍了誠精，只是天下事：有一好無兩好。短期內台灣相對相安無事，有二十年。但是，海外自由的天地，台灣留學生誠緊覺醒，馬上道有唔願作「野郎」管控的「馬鹿」的台灣人起來舞獨立運動，佇日本是按呢，佇美國嘛是共款。

青峯即時了解啦，怎樣落地簽證取消，因為，國民黨政權驚反抗的種籽容易唯海外傳入島內。

想夠遮，青峯已經行夠大阪第一大飯店，倒落眠床歇睏。

彼暝，伊食過暗頓，夜裡孤家踅大阪城刺激的一面，最後，入去酒店啉甲馬西馬西，將簽證的失望靠酒精洗掉。

隔轉工，重新去日航改劃航程，直接唯大阪飛美國。

轉來，牽手驚一趒，埃蘇曼經理嘛掣一下。他攏講，遮呢緊道轉來！是怎樣？

許青峯照實講：「簽證提無著。」

他攏問：「為啥物？」

許青峯講：「唔知。」

牽手明珠一向無相信烏名單，這時煞講：「敢會是烏名單？」

青峯提出申請書互牽手看。兩人攏咧臆，扨掉的所在，到底是簽注啥物字眼。

日子過得誠緊，唯日本轉來美國紐約州西邊的大湖區水牛城的徛家厝，一目躡，三禮拜過去，來夠七月初。

那像是初四晝，有人唯西部加州拍電話來，講有一位叫作杜文勇的人橫屍台大校園。許青峯驚一趒，想講是人滾耍笑，抑無，道是共名共姓？

想未夠，紲落來初五，水牛城郵報正式登載紐約州水牛城大學杜文勇教授，七月初三受台灣警備總部約談，一去無回，隔轉日初四早起，野鹿杜文勇夆發現橫屍母校台大生化研究所邊的蕃薯園。

青峯猶記得，才佇五月初，逐家來厝裡開人權會，逐家食明珠準備的便餐，杜文勇某仔囝嘛攏有來。青峯記得，二年前七月初四，美國獨立紀念日，同鄉會佇水牛城西北爿的奈阿加拉河的河邊公園，賣菜丸仔募經費，文勇大聲招人客來買的形影，今………

伊文勇就按呢枉死矣！

夭壽的政權！

日子苦長，紲落來，有風聲，台灣警備總部約談時，他有放一塊所謂的「彩虹專案」的錄影帶，互杜文勇看，是 1979 年 12 月水牛城台灣同鄉會舉辦的美麗島事件座談會的全場錄影帶，內底有伊杜文勇的面相及講話。這場座談會道是許青峯作會長主持的，伊青峯當時嘛有發言批判拗蠻的國民黨政權。

雄雄！許青峯耳孔聽著一段聲語：「若是我有提著簽證，警總約談敢會提早兩禮拜？橫屍野鹿煞是…………」

悶雷晴天霆，青峯烏暗眩。

——2013.4.25 寫佇苿里鄉

2013.7《海翁台語文學》第 139 期

請食書

想起當年，1967 年，唯美麗島來夠幅員遼闊的北美洲，一切攏生分，新奇；佇小鎮，墓仔埔嘛敢去，佇遐，散步，喫蘋果，看風景。

民間傳說撥土鼠若佇二月初二透早無看著家己的影，春天提早來，若有，道愛佫等六禮拜。四十年一目聶，時序來夠 2008 年二月初二，嶺谷鄉(Delmont)東北爿五十英里的芳沙桶尼鄉的菲呂(Punxsutawney Phil)撥土鼠宣告：今年春天會提早夠。

許青峯滯佇賓夕凡尼亞州西爿的嶺谷鄉強欲有三十年，聽著春天早夠，誠歡喜。

四十年前的八月底，許青峯來夠「呂意士堡：Lewisburg」，一個賓夕凡尼亞州中部的小鎮， 鎮裡有 15 號公路南北貫通，南可直通賓州首都哈里士堡，北至紐約州西南邊界，鎮北八英里有一條東西向的州際 80 號高速公路，「趖士奎哈那：Susquehanna」河佇鎮東流過，鎮裡有一間「巴克乃呂大學：Bucknell University」偎佇河邊，鎮參大學生人數平平，攏各有五千。許青峯單操一個來自太平洋西緣的美麗島，島上四季如夏，攏是熱天的延長。遮，北國河邊小鎮秋楓紅葉燒滿天，落葉舞滿地，樹禿頭枝光身，這款秋景亦美麗亦蕭殺。

秋盡風雪來，光身禿枝樹換上新娘紗，佫是另款的雪白天地，嘛是唔捌經驗過的。參南爿菲律賓姑娘 Aurora，相招去踏雪，坐餐廳餐盤，滑落山谷，踏過鐵枝路，夠河邊觀河墘結冰。一陣外國留學生，定定絞群聚伴話仙唱歌，親像青峯教唱〈望春風〉，印度孟加里美男子 Oarun 用孟加里語唸泰高奧詩歌，日本姑娘小泉綠教唱〈ここに幸あり；幸福佇遮〉，滿滿友情渡過寒咻咻的冬天。

春天唯地面鑽出來。

三月初，佇猶死死抛荒的大地，針針的、青綠青綠的水仙鑽地來，短短青青遮呢仔奇妙的新生命。無張持，來一陣雪，將猶未一寸懸的水仙笋坎起來。青峯想，水仙無脈啦。二三日後，雪溶去，並無凍死，猶是一身青綠，繼續抽身長，無驚無惶，生命誠是韌，互伊想起故鄉南國的蕃薯葉，冬尾時仔若凍霜臭火焦去，隨佫吐新笋，共款韌命敖生湠。

三月尾四月初，呂意士堡家家戶戶差埕裡不多攏有水仙。葉甲那劍，花梗一枝抽懸來，梗頂彎身九十度。正面看去，周邊有花瓣六片現開來，那仙子戴帽，中央有一支喇叭花圈，圈心一絲尖珠蕊，側身看來那姑娘舉一支遮陽傘，黃花清芳溫暖那日光，佇劍葉海裡，早春窈窕仙子一身一身迎風扰頭。

四月上旬，佇校園裡偎文學院的壁邊，一排長長長的櫻花樹一時全開，一大遍白白白的花海，有冬天雪彼款潔白之美，佫有雪所無的溫暖之感，佫有雪所無的重生之喜，啊！青峯一時体會著，冬去春來矣！

再來，四月中旬，人家厝埕籬笆滿身黃花染枝條，青峯問人，知影是一款開花的灌木，叫作連翹(Forsythia)，先開花慢發葉，您正式宣告冬天退位。嘛是四月中，青峯佇鎮裡郵局停車場看著大蕊木蘭花，白裡帶淡紫有芳味。花謝後才有新笋抽葉。紲咧四月尾，青峯注意著校園裡，有觀賞的蘋果樹花，李仔花。紫丁香五月初母親節裡來報到，偎佇大學校園圖書館前，花開甲綿綿那香檳會起泡，芳芳芳會揪人。五月中有杜鵑花吐紅抑是展白，猶有紅牡丹展富貴專揣風流人物，五月尾有芍葯草本花純白抑是深紅大眾情人，六月有虎百合展長腳姑娘撐金針花，您將春天抹甲花海繽紛，蜜蜂迎迎舞，蜂鳥嘛來插一腳，蝴蝶亦現身，共同譜一幅大地回春的眾生油畫。

春天回魂，包括樹枝吐笋，穩穩仔宓佇枝頭，那有佫那無咧，目尖才看會著，一二日無注意，您道發甲滿枝頭有一二寸長，齊聲喝：春天，阮來啦！李仔樹佇一陣一陣的風裡，白花湧浮游佇新笋青淡綠海上。四月中，青楓亦無輸人，莩花莓發芽，滿樹花籽，花籽一對八字型有翼。籽熟隨風飛那螺旋槳，那直升機滿天飛舞，飄離母樹遠遠的所在，降落新地生湠。

三個月的寒天冷凍，春回大地，草木吐蕊，無樹不開花，日日天天佇每角落展開來；這一年春天花新樹笋的震撼，清新溫暖重生的感受，烙印佇青峯心肝笋仔裡。

春天來，1968 年六月初八，許青峯帶著滿滿春天記持，亦帶著一張碩士學位證書，歡歡喜喜離開滯九個月的呂意士堡，坐上灰狗巴士，沿著 15 號公路往北，行過賓州的莊腳，一路春花滿天地，進入紐約州，嘛是共款，終點是伊里湖邊的紐約州第二大城水牛城，佇州立水牛城大學攻博士。

五年後提著學位，落南去核羅里達的天霸市，向西屋公司報到，開始工程生涯。天霸市氣候那像南國美麗島，一年攏是熱天的延長。春天的感受漸漸失傳。

後來，公司調伊回水牛城有六年，繼咧，1982 年調來賓州西爿的嶺谷鄉。

佇西屋公司食頭路，強欲有三十冬，無閒，有時嘛將春天的來臨，煞放未記持去。

這年，2008，撥土鼠宣告春天早來，青峯的春天一時回魂來。

三月廿早起，佇停車場，欲行往辦公室，拄好看著秘書古羅里亞 (Gloria)。青峯誠愛古羅里亞的親和力，有她佇咧，辦公室天天是春天，日日有笑聲。古羅里亞唯車底搬出大包小包，青峯緊過去湊腳手，幫她揹一寡。

「遮攏是啥啊？」青峯問。

「噢，是杯仔糕，今仔日是 Peter 的生日，千萬唔通講。」古羅里亞意思欲互 Peter 驚喜一下。

「是是，未講。」青峯記起舊年九月，古羅里亞安排雞卵糕祝賀伊青峯生日的場面。

佇青峯的記持裡，事實上，嘛是組裡人人攏同意的，古羅里亞好比是一位辦公室媽媽咧。古羅里亞的辦公桌可講是八寶箱。同事感冒，她有阿斯比靈，你若欠郵票，揣她穩有，當然，糖柑仔桌上不時滿滿。你人若忝，嘛可以揣她話仙幾分鐘仔。有一擺，青峯行過她辦公桌仔，看著古羅里亞用酒精咧拭 Judy 的手指頭，然後抹葯膏，紲咧，用 OK 紡包起來，未輸護士咧。

青峯組裡，有一位工程師 Jimmy Johnson，伊年年熱天去登山健行，伊是去爬美國東部的 Appalachian Trail，唯喬治亞州一直延伸至勉因州，長長有二千二百英里，伊每年去行二、三百英里。青峯參伊誠有話講，參伊講起春天的震撼，伊向青峯講，登山步行，遠離塵世俗事，有共款的震撼力，值得試。

三月廿是春分，春天誠實來夠。一禮拜後，賓西脈地順地區晴空萬里。中晝時，青峯參岑彌(Jimmy)佇公司餐廳食晝，順紲來買水仙花，美國癌症協會您年年攏佇這陣賣水仙花募款。看著水仙花，青峯想起兩個查某囝的外公，台灣桃仔城的內科醫師，一支聽診筒勾入耳，另外一爿喇叭嘴那水仙伸向患者胸坎，一身那水仙扰頭迎患者。外公水仙醫年年春天攏會來嶺谷鄉探親，參孫女共享埕裡的水仙美姿。佇懷思的情境裡，傳來聲語。

「秘書古羅里亞送一張電子批，通知四月初四全組欲食晝。」岑彌提起。

「是，有看著。」青峯語氣平淡。

「唔拘，無說明是啥理由，欲食晝。」岑彌指出。

「有影咧。」青峯語氣猶是平平仔。

「有問秘書古羅里亞，她唔肯講。」岑彌佫講。

「請晝，好代誌。」青峯輕淡講。

「是啊，逼她，她煞笑笑按呢講：『律師叫我封嘴！』。」岑彌指出。

「噢？遮嚴重！」青峯聲調那像有一屑仔古怪。

食過晝，兩人各人回辦公室，無閒空課。

隔日，共組的同事，議論紛紛，攏是咧談請食晝的代誌。有人猜是經理欲請的，因為組裡舊年業績誠懸，所致，經理為著按呢，欲參逐家慶祝一下。唔拘，經理拄好出國，去歐洲出差，無法度證實業績好的講法。

有一位退休的，佫轉來公司作，伊無屬於任何組，特別去向秘書講，伊嘛應該算是組裡的。反正有免費的中晝頓，誰唔食？古羅里亞互伊講甲無辦法，道算伊一份。人數按呢唯廿位增加夠廿一位。

秘書特別提起，食晝佫有啉葡萄酒。若按呢，一客算廿箍，加上小費，請落來，嘛愛有欲五百箍，用公費當然無算啥，但是，若對個人來講，是一筆大數目呢！

紲咧，有人擋未牢，寫一張電子批，互去歐洲出差的經理。

經理回批：「秘書是咱組的真正老闆，恁著愛親身問她，她啥物攏知，問她，卡未重誕！」

猶是不得知。

有人臆是：「定著是有人著威力彩券，歡喜，欲參逐家分享一下。」

嘛有人猜是：「定著有人老來生獨囝，樂暢，欲慶祝一下。」

不管怎款，反正，人人有免費中晝頓，人人期待。唔拘，美國商業文化有一句名言：「天底下無白食的中晝飯。」

煞有人講：「敢會時夠，咱家己著出錢咧？」

有人回話：「相信古羅里亞未作這款代誌！」

不而過，另外一人無頭無尾鬧兩字：「誰知？」

有人唔死心，一日夠暗纏著古羅里亞，問，佫問，再問。古羅里亞猶是彼句話：「律師叫我封嘴！」

不得要領，組裡開始有人發起，美國人誠愛的活動，簽繳；每人出五箍，將各人的名參所臆的寫佇紙條裡，揉揉咧，參五箍銀作伙交互秘書，誰臆著，所有的錢攏歸伊收，若是有人臆共款，照比例分。若是無人臆著，所有的錢送互本鎮脈地順的老人中心。秘書未使參加以外，總共有 20 人，總額一百箍銀。

人人攏咧猜測，人人攏咧數想彼一百箍銀，人人攏咧等待無料的中晝頓。

一日一日過，天氣愈來愈燒烙起來，水仙花已經四界開。有一款柳枝無輸水仙花，枝頭莩出白白毛毛的花莓，早春溫度回升，伊花枝招展報春來。雪滴(Snowdrop)嘛無認輸，姿勢徛栽栽，她咧跳花舞。春天愈來愈奢揚。

請晝的日子總算來夠，全組的同事佇十一點半，陸陸續續來夠公司附近的新士坦頓莊，這是州際高速公路 76 參 70 交滙的一個莊頭，往西北走 76 號公路十統英里可夠匹茲堡，往東走 76 號公路 280 英里夠費城，往西走 70 號公路可去烏海烏州的首府哥倫巴士。遮新士坦頓，有一間義大利餐廳 La Tavola Ristorante，不止仔有名。

佇餐廳的停車場，鬱金香破土來，早春的冷風中，花蕊那像一杯一杯白酒紅酒，冰清冷冽中釋放著溫暖的光彩。佇餐廳的紅磚壁邊，有兩欉木蘭花開出滿樹純白的花海，一蕊一蕊那甜點乳酪糕，花酒及甜點親像特別咧迎接來赴食晝的同事。全部廿一人坐成四桌，青峯，岑彌及古羅里亞坐共桌。菜色有三款，岑彌愛爾蘭裔，恰意小牛肉質軟Q，芷幼多汁，叫一客馬鈴薯小牛排。古羅里亞是義大利裔，祖先來自文藝復興的府城核羅倫斯，誠自然愛著核羅倫斯料理，特別她是咯咯叫的雞，所致，叫一客菠稜仔菜核羅倫斯雞。青峯來自海島，當然習慣食魚，另外，誠興義大利麵食料理，叫一客義大利海鮮麵。青峯點白葡萄酒，岑彌及古羅里亞是紅的。每桌人人話仙，講笑話，用餐夠欲十二點半，差不多正餐食完程度，甜點猶未上桌。古羅里亞叫餐廳服務生替每人斟酒，紲落，她將字條一張一張展開來，叫岑彌及青峯過目統計。

「多謝恁逐家來中晝聚餐，到底誰請的，咱誠緊道會知影。」古羅里亞徛起來講。

「代先，請岑彌向咱報告，逐家的猜測結果。」古羅里亞請岑彌接過去。

「咱攏總有廿一位受請來夠遮，古羅里亞她知誰人請的，所以她當然無臆。」岑彌紲咧宣報結果。

「經理欲慶祝舊年好業績，總共九票。」岑彌宣告，紲咧問經理：「敢是事實？」

「咱舊年有影業績誠好。」經理 Bob 講：「唔拘，歹勢，這擺是別人請的，咱等後月日。」逐家拍噗仔，有影一頓招一頓。

「古羅里亞著威力彩券欲慶祝，有四票。」岑彌宣告，紲咧問古羅里亞。

「可惜，唔是。將來若有著，當然嘛請恁逐家一頓腥臊的。」古羅里亞笑諧諧。

「有人牽手有身欲慶祝，有二票。」岑彌宣告，紲咧問：「敢有人認定這個？」

「阮牽手有身三個月。」同事 Tony 徛起來講：「唔拘，歹勢，這頓是別人請的，等生了，一定請逐家食甜，若是查甫的，加送一支雪茄。」

「有人減体重成功欲慶祝，嘛有二票。」岑彌宣告，紲咧問：「Dick 你最近体重減五十磅，敢是你？」

「唔敢請。」Dick 半耍笑講：「請了，興食，佫大箍起來，著慘！。」

「有人定婚欲慶祝，有二票。」岑彌宣告，紲咧問：「Judy 敢是妳？」

「恁奈知影？」Judy 歹勢歹勢講：「Tom 佇三日前求婚爾爾。」

「恭喜！恭喜！」古羅里亞講：「明仔晝，咱食櫻桃糕，替 Judy 慶祝一下。」

「另外一票是空白字條。所以，猶無答案。即馬，請古羅里亞宣布請晝的原由。」岑彌講了，坐落來。

「既然猜測攏唔著，一百箍銀道捐去老人中心。事前，誠濟人咧問，是誰欲請的，我攏講：『律師叫我封嘴。』即馬，請律師作說明。」古羅里亞手指青峯。

青峯作一段短短的說明，如下：

一禮拜前，拜三，佇停車場，看著古羅里亞滿面春風，親像今年的春天，一蕊迎人的水仙花，互人一款溫暖的氣氛。想起，40 年前，1968 年的春天，佇這塊美麗國度初次感受著，春天回魂，對一個來自亞熱帶的人，是一款震撼。最近，拄領著一筆加班費，想著欲參恁分享今年的春天魂，佫卡重要的是：那春天的古羅里亞，是咱組裡天天的春天花蕊，她是咱組裡貼心的辦公室媽媽。

講煞，青峯請逐家將葡萄酒提起來。

「咱逐家感謝古羅里亞，啉一杯。」古羅里亞表情甜甜笑迷迷，唔拘，歡喜中帶一款互人作弄的表情，舉手輕拍青峯。

「感謝恁逐家來分享春天的來夠，再啉一杯。」青峯再次敬眾人一杯。

「原來是你！恬恬無動無靜，一盤棋，行甲遮厲害；軍著皇后：古羅里亞，亦電著眾兵卒，佩服！佩服！」岑彌驚奇滿滿。

岑彌點醒眾人的心緒，噗仔聲嗶嗶噗噗拍破開來；古羅里亞將青峯嘴皮深深唛落去，噗一聲，青峯滿面飛春風。

——2013.4.25 寫佇茉里鄉

2013.8.5《台江台語文學》第七期

相思蟬

時時入秋，一隻蟬，貼佇相思樹椏，咧坐禪；過晝仔，一身化身的仙蟬飛來隔壁椏。

「阮有三十年無看著你？」相思蟬招呼：「進前，你捷來『相思林山』，看這遍茶園、來『相思林山觀音寺』參拜，自你做仙夠今，阮道唔捌佫看著你。」

「哄！你奈知影是我？」仙蟬驚一趒。

「阮相思蟬『記持基因』代代傳，阮一生時時坐禪，入定，開悟，可通靈。」

「講來足厭氣呐。台灣大學師生欲設一座校友人權紀念碑，校長奈煞冷冷。」仙蟬聲粗火大。

「嘛講來聽看覓咧。」輕聲寬寬仔說。

「想著 1949 年 4 月初六軍警非法入台灣大學掠學生，傅斯年校長嗆警備總部副總司令彭孟緝：『若有學生流血，我參你拼命！』兩位校長奈差遮呢大？」仙蟬講。

「了不起的傅校長，有格！」相思蟬贊聲。

「總是，這位物理學博士校長黎伺靈，聽講伊會通靈。」仙蟬補一聲。

「會通靈？敢有影？像阮相思蟬按呢？」相思蟬語句帶有淡薄仔鼻音。

「是啊，聽講伊會隔空提葯丸，伊目珠掩咧，嘛會摸字唱字。」語聲有一寡期待。

「違反牛頓力學原理，嘛違反光學定律，這是啥款的物理學博士呢？」這擺相思蟬語尾出鼻音佮帶冷笑，只是仙蟬無注意著。

「佇台大傅鐘前，有一欉大欉相思樹，歸個熱人，我守佇遐。」

「啊，你奈遐閒呢？」

「唔是傷閒啦。樹椏拄拄好佇二樓校長辦公廳外口，我貼身佇遐，想欲參伊來一個『天』『人』對談啦。」

「欲談啥？」

「猶有啥！道是台大師生欲設人權碑，請伊同意啦。」

「啊，結局呢？」

「伊黎伺靈攏未靈，卡輸臭耳人咧，對我的超音波充耳不聞。」聲嗽帶著氣拂拂的火藥味，點火會焯的程度。

「哼！道知咧，伊若是會通靈，早著看出你仙蟬是誰，著驚甲破胆，馬上道簽落去、准、設！」

「啊，幻想校長會重視台大的自由校風；誠天真，道行猶淺。」

「唔通按呢講，繼續修行，總有出頭天的一工。」一款安慰佮鼓勵的聲嗽。

怹兩身咧對談，談甲誠投機，自過晝仔談夠欲黃昏，煞解破一位生化統計數學家離奇死亡的公案。

怹兩身貼佇桃園大溪「相思林山」裡的、一大遍茶園邊的、「相思林山觀音寺」的懸欉相思樹。仙蟬是茶園主人的後生，前世是一位生化統計數學家。

這塊「相思林山」是大嵙崁溪西爿溪畔的桃園紅土台地的一部分。

新生台灣地幾百萬年前唯海底浮起來，幾十萬年前，古早大嵙崁溪開始沖割新生地，沙石順著溪流堆積出來桃園台地，土質厚鐵分，經過數萬年的風化，氧化成柑仔紅色緻的土壤。唯原生地恆春半島湠開夠全台灣地的台灣相思樹(Taiwan Acacia)，嘛徙來夠大嵙崁溪畔柑紅的台地。台灣相思樹身枝椏硬頸，根部系統有聚氮氣的功能，所致，根勇敖生湠，定深挽入土；唔驚風颱，樹椏未折，樹身未倒！木質堅碇，樹紋絞纏，不放棄，不就範，這是台灣相思的本質。春來五六月仔台灣相思仔開花黃黃黃，滿山飛舞，誠是生湠的好地理；相思蟬祖先看準這塊蓊蓊蓊的台灣相思綠林地，靠台灣相思樹的土根，養飼代代蟬囝孫。紅面相思蟬族千年以來守佇相思林山，年年有新生代紅面相思蟬來報到。

1981 年春五月，一位生化統計數學家唯美國轉來，六月尾有一工，伊特別來探訪這塊相思林山，一禮拜後，七月初四，拄好是美國獨立紀念日，夆發現死佇伊母校台灣大學生化研究所邊的蕃薯園。30 年來猶未破案，佇 2011 年，台灣大學的學生佫來探視這段公案，您推論生化統計數學家是為台灣民主政治運動來慘死的，您要求校方：立人權紀念碑，化悲劇作明鑑，化犧牲作力量，為著台灣社會美好的遠景祈福。

校方用拖字訣，甚至，祭出：「請願的公文拍見去啦，」這款見笑代。

生化統計數學家離開世間，做仙有三十年。

生化統計數學家前世人短命，31 歲往生，短命有短命的因端。

這位生化統計數學家名叫杜文勇，伊阿祖是一代起寺廟大師。硬頸阿祖佇 1860 年代唯大嵙崁溪源頭的阿泰爺山區，掔著阿泰爺祖媽，划一隻艋舺，順著由東往西流的溪流，來夠桃園紅土台地，佇遮，大嵙崁溪轉北去，流入新店溪，佫流入淡水河。拄佇九十度轉彎所在，溪東是古早凱達格蘭平埔族的大嵙崁社，溪西有一座相思林紅土台地。時代變遷，大嵙崁搖身一變，成作平埔族參漢移民混血的城鎮，台灣唯清國換作日本天年時，改名大溪鎮，這是乞食趕廟公的台灣史縮影。這款歷史一再重演，1949 年佫唯烏水溝彼爿來一個臭頭的乞食，亦相著這塊好山好水的大溪鎮。

杜文勇阿祖看準台地這塊美麗的相思林山，參祖媽兩人合齊開山，先開一坵蕃薯園，顧三頓，紲咧燒相思仔賣火炭，積有夠資本，開始買茶栽，整茶園。後來，阿祖佫受聘起造「相思林山觀音寺」，寺裡有阿祖彩繪的三藏取經的連環圖，圖裡有台灣人翻身的經火寄望。佇茶園出入，佇寺裡來去的杜文勇，身材中扮仔，目眉粗，像伊的阿泰爺祖媽目珠深窟，講起話來，丹田有力。自細漢道是囡仔王，愛振動，唔是死守冊，但是學校成績誠好，連紲跳級，一路讀夠台灣大學。1973 年數學系第一名卒業，1975 年去美國留學，佇紐約州立水牛城大學攻統計學博士學位。

「Bun-iong，這題你看覓咧，我多年解未出來。」指導教授 Dr. Thomas Hansen 講。

“OK, Tom.” 唯教授手上提過來。

暗頭仔文勇仔轉去夠研究生宿舍，食過暗頓，洗過身軀，將教授的問題提出來，粗眉撐懸，看看咧；雙手捧下頦，想想咧，……啊，著啦，道是按呢，隨舉筆佇紙上分解，足足三頁。一暝道解破，哈唏落床作夢去。

「敖早，Tom，請你看解了怎款。」文勇仔將三頁的手稿提互教授。

“Mm........, ...right, ...great, ...excellent.” 教授沿路看，沿路自言自語。

「教一世人的冊，唔捌拄著你遮呢仔傑出的統計學人才。」教授講甲亦驚亦歡喜。

「Tom，多謝你褒獎及肯定。」腔口洩漏出文勇仔足歡喜。

「Bun-iong，免佫修課啦，論文隨時寫好，隨時可提博士學位。」

「噢！Tom，感恩。」手舞腳踏，椅仔強欲坐未稠。

杜文勇無想著修博士遮呢仔順序。彼暝，轉去夠宿舍，第一件代誌是緊拍電話。

「提博士足簡單，那像咧食妳炒的菜脯卵咧！」文勇仔向阿母報喜。

「阿勇，你愛知影，是媽媽的菜脯卵，加你補甲遮聰明呢！」媽媽歡喜甲搶功勞。

杜文勇做人講義氣，行事硬中帶軟，誠有藝術眼光，欣賞阿祖的三藏取經連環圖，對文學藝術嘛誠興。時夠 1976 年，鄉土文學拄好風起雲湧；台灣意識起飛。伊的大學同窗蔡永松，彼時佇密西根大學攻物理學博士，杜文勇時常拍電話，參永松話仙講文學。

「永松，最新一期的《鄉土文學通訊》拄好寄出去。」文勇仔講。

「你誠閒哄，佫咧舞文藝。」電話彼頭傳來永松的詼諧聲嗽。

「是啦，咱是讀理工的，咱感性的正爿腦反正閒閒，拄好用來處理文學藝術。」文勇仔有時仔嘛愛展風神。

「這期的主題是啥？」永松問。

「楊青矗的勞工，王禎和的城市，洪醒夫的農民等等本土化小說。」文勇仔講。

「啊，誠好，針對鄉土文學，我會寫一篇它發生的台灣時空背景，鬥鬧熱一下。」

「讚！讚！」漏一句客語感謝話：「承蒙你！」

杜文勇一面讀冊，一面咧創文學，嘛愛振動。杜文勇誠自然捌盡水牛城的同鄉各路人士。1976 年中秋，水牛城台灣同鄉會佇水牛城大學前的「大學長老教會」，舉辦中秋晚會，彼暗，1969 年創會會長蕭一義紹介一位台灣人生化專家孫明昌，孫博士佇世界足出名的羅斯衛魯園癌症研究所(Roswell Park Cancer Institute)作生化系主任。

「孫博士，聽講你咧研究血癌治療法。」文勇仔好奇發問。

「是，叫明昌道好，唔免遐嚴肅。」孫博士出身高雄鳳山，人斯文佫客氣，加文勇十統歲，是台大農化系畢業，加拿大艾蒙頓大學的生化博士。

「有一位大學同窗，大三血癌過身，誠唔甘，足懷念伊。」

「啊，誠遺憾。伊若是佇水牛城，阮可能有法度救伊，阮的血癌治療可講是世界一流的。不而過，阮猶無滿意，阮一直咧揣新葯方，新療法。」

「奈一直開發新的？」

「因為，夠目前，所有療法成功率猶無過四十拍仙。」

「噢，是按呢。」

「多年來，數據累積起來有一大堆，那溪沙遐呢濟。」

「啊，恁攏按怎消化遮的數據？」文勇仔心內有數，不而過，先探一下。

「這，道是阮的大問題，唔知怎處理，嘛攏用摸的，行足濟冤枉路。」

「欲唯『數據』溪沙裡揣出新葯方，想來，可比是篩沙揣金。」

「敢有法度篩？」

「有！可用統計分析來篩金，可比是唯舊金山篩出一條金門大橋，摯咱通往新地界，創新開發。」

「聽來誠有邏輯，實際敢有法度操作？」

「數理統計學我誠內行，知影的人，攏講我是大牌。」自信，無客氣講。

「哇，足好。請你來參加阮研究團隊，好無？」孫博士充滿期待。

「好，接受你的邀請。」杜文勇誠歡喜，以客語收煞：「恁仔細。」

杜文勇人好奇，愛探討新的物件，純粹統計學的研究，好比是咧鑽牛角尖，伊無愛。統計學用來分析生化現象，用來研究血癌治療的生化科技，可救人，杜文勇誠恰意。所致，杜文勇揣指導教授 Dr. Thomas Hansen 參詳。

「Tom，將博士論文針對生化統計血癌治療，敢好？」

「誠有創意，可貴！唔拘，按呢來，需要修生化的課。」

「好，修一寡生化課程。」

「另外，需要一位生化的論文指導顧問。」

「生化顧問嘛？可請 Dr. Beng Chhiong Sun。」

「等你完成論文，等於開創一門生化統計學(Biostatistics)。」教授口氣足歡喜。

按呢，杜文勇有去醫學院補修生化課程，嘛開始佇癌症研究所上班，一禮拜去三個半工。

等候博士學位提著，已經是 1978 年熱人，馬上提著羅斯衛魯園癌症研究所的全職聘書。指導教授 Dr. Thomas Hansen 看重這位高才華的子弟，留伊作助理教授，開一門杜文勇開拓的生化統計學，配合伊家己參在職上班的研究生，課程安排佇暗頭仔六點開課。

牽手是伊的學妹杜素月，她提著碩士，1977 年開始佇保險公司作精算師工作。

「阿勇，咱有兩份薪水，來貸款買厝好無？」她咧想生囝作準備，只是無講出嘴。

「好噢。」

「佗位卡適合？」

「咱來揣校園附近的，可以參在校生有伴，卡鬧熱。」文勇想著人權會。

佇 1978 年秋天，杜文勇參其他五位同鄉成立水牛城台灣人權會，推動人權事工，兼作同鄉會活動的策畫中心，嘛開放徛家厝互台灣來的學生，照顧您生活，思想交流啟蒙……等等。

水牛城大學佇水牛城東北爿，主街(Main Street)是西南向東北走向，佇校前橫過，大學長老教會參大學拄好過街相對。大學長老教會是台灣同鄉會常常辦活動的所在，教會邊仔佫有一間在地有名的快餐店叫作紅倉(Red Barn)，俗佫地點方便，學生誠愛來，嘛是台灣留學生捷捷出入的場所。就按呢，78 年秋天尾，杜文勇參杜素月買一間厝，離主街北爿只有三、四條街的大景道(Grandview Ave)，統計學系的系館道佇主街前的 Hayes 館，唯徛家厝去羅斯衛魯園癌症研究所上班有卡遠。但是，徛家厝地點方便學生來，所致，濟濟人常常來話仙，留咧食飯是常事，有時腥臊食牛排，親像美國大地的牛郎，牛排大塊大塊食，您牛郎馬騎過平洋，趕歸百歸千的牛隻，黃昏暗頓食牛排配一粒一粒歸粒的馬鈴薯經典美國料理。杜文勇您是有種蕃薯仔，食起牛排攏是配一條一條歸條的好蕃薯，台灣氣派男子漢的牛排蕃薯料理，好食可比阿泰爺祖媽傳落來的山猪蕃薯料理。

食過飯，是繼續開講的時陣，您文學夠政治，台灣夠世界，在地美國總統大選及歷史文化，無所不談。杜文勇嘛到處參加運動，台灣獨立聯盟的人士伊去牽，台灣人左派的台灣民族解放運動伊嘛去了解。伊佫認為國民黨學生嘛需要去影响。另外，伊佫參統一派有交插，所致，夆感覺杜文勇是一位全方位的狂熱的政治運動者。

來夠 1979 年，台灣島內黨外政治民主運動，熱甲那火山岩漿：唱唱滾、紅葩葩。黨外政團發行《美麗島》雜誌，杜文勇發起捐款行動，伊建議水牛城台灣同鄉會會長許青峯，佇七月初四，參加水牛城的美國獨立紀念日慶祝活動，順紲賣台灣菜丸仔，為《美麗島》雜誌傾錢，許青峯會長滿口應好。彼日，您佇奈阿加拉河的水邊公園參加慶祝會，杜文勇招呼人客，那蟬叫天攏未忝，一直叫一直叫，彼日菜丸仔大銷，淨收有美金二千元。紲咧，中西部台灣同鄉夏令會佇八月中旬舉行，地點是烏海烏州首府哥倫巴士，政治討論會，台灣之夜，壘球賽是夏令會三大戲齣。許青峯會長牽手有身，隨時待產，拜託杜文勇掣隊參加。文勇仔佇夏令會上台呼吁捐款互《美麗島》雜誌 ， 得著十外個同鄉會熱烈的支持，每個月匯美金一萬元互《美麗島》雜誌社。

《美麗島》雜誌社的組成份子之一，自稱黨外小妹的蔡淑櫻，轉去夠美國，招您翁王明典去各地同鄉會箍人揪伴，欲發行《美麗島》雜誌的英文文摘。嘛有踅夠水牛城，杜文勇因為捐款行動出名，蔡淑櫻參翁婿誠自然揣著杜文勇討論。杜文勇招來一寡同鄉，佇厝裡參蔡小妹談。

「按呢作，敢適當？而且，敢有《美麗島》雜誌社的授權？」許青峯問。

「咱直接拍電話問《美麗島》政團總經理許明澤，好無？」蔡小妹建議。

「好啊。」文勇仔隨同意，提電話互蔡小妹。

「喂喂，………許明澤總經理，我是小妹淑櫻………請等咧，杜文勇佇遮。」蔡淑櫻將電話交互杜文勇。

「許明澤總經理，我是杜文勇…是…是，捐款支持是應該的…是…是，英文文摘的代誌，阮會全力支持…好，好，再會。」

當時，許明澤拄唯監牢放出來無偌久，猶受著暗中列管。許明澤本是陸軍官校畢業，1962 年佇小金門作軍官時，因為主謀「台灣獨立武裝革命案」，被判無期徒刑。蔣介石 1975 年過身，減刑至16 年，所致，1978 年底出監，彼時，拄好是台灣民主政治運動起飛年代，伊參與成立《美麗島》雜誌社，担任總經理。於斯呢，一個美麗島政團出現。

1979 年 12 月初十世界人權日，美麗島政團佇高雄舉辦演講遊行。國民黨政權借力使力，安排烏道製造暴動：拍維安的軍警，軍警照劇本演出，攏無回手。電視新聞一放，夆一款美麗島人士拍軍警的暴動場面。國民黨詭計成功，開始掠美麗島政團人士，足足有一百五十外人，包括許明澤等八位領導者，演成美麗島事件。隔年春天全部判刑。原本，許明澤會判死刑，但是，島內及海外台灣人參國際的壓力，移山倒海入去，改判無期徒刑，是上重的一位。事實上，美麗島政團有九位領導者，逃過一劫的這位是游仙龍，伊佇這年秋天出國進修，美麗島事件發生時，伊人拄好佇美國。本誠人人看好這場美麗島政治民主運動，想講，這是台灣人出頭天的路；料未著，煞是死路一條。

美麗島事件進前，游仙龍接受水牛城台灣同鄉會邀請，欲佇 12 月 15 演講。今，游仙龍參「台灣獨立聯盟」、「台灣時代社」……等等十外個團体，無閒咧籌備台灣人「建國聯合陣線」，同鄉會會長許青峯臨時改作一場美麗島事件座談會，場所徙去校園西南爿的工學院 Parker 舘一間大教室。時夠，來參加的人空前。十二月的水牛城，已經是誠冷，溫度常常是零下，雖然佇室內，誠濟人猶是衫搭衫，親像三圍玲瓏的水查某囡仔，怹搭甲一身直直那圓桶，若講內底藏一身紅嬰仔，嘛無人知。

座談會欲開進前，許青峯、蕭一義及杜文勇拄好徛作伙。

「會友以外，佫有親國民黨的，嘛有支持中共的。誠罕得！」會長許青峯感覺奇怪。

「過去攏是：汫水凡汫水，鹹水凡鹹水，互相無咧交流。」創會會長蕭一義嘛感覺意外。

「有影，左派右派，獨立派，統一併吞派，各路人馬攏夠。」人權會的杜文勇嘛注意著。

一百座位的教室掙甲滿滿滿，佫有人徛咧，甚至徛夠門口外。會長許青峯先簡單報告美麗島事件，紲咧，紹介三位座談者，由您各作三分鐘引言。然後，開放互聽眾，人人發言激烈，獨立派參統一併吞派箭頭攏射向國民黨政權。

「黨國派無人講話，這誠奇。」文勇仔越頭向蕭一義輕聲講。

美麗島事件帶互伊杜文勇極大的打擊，伊掠狂，徛起來，唱聲偃倒殘蠻的政權。

紲落來，全美性的台灣人憤怒，表現佇各大都會的示威遊行，親像十二月底佇紐約市的聯合國廣場，美國東海岸反國民黨政權的大集會。佇遐，杜文勇佇一張紙畫一粒大頭仔像，提互台頂的主持者，講燒死蔣經國，主持者反請掩面的杜文勇上台親身來燒。

快步上台，正手一支 lighter，倒手拎彼張大頭像，lighter 一辟，一葩火星跳出來，火星燒著大頭像紙的尾溜，伊杜文勇看向台腳的眾人，大聲喝：「燒死打壓民主運動的獨裁者！」

1970 年 4 月 24 黃武雄用槍拍無死的獨夫，即馬，共款佇紐約市，在 1979 年 12 月 22，煞互杜文勇用紙燒成火灰，散掖掖去。

美麗島事件發生，發現議會改革竟然行未通，杜文勇失望失志一陣，紲落，認真思考別款路途。半年後，1980 年春天尾，提起電話拍互密西根大學作博士後研究的蔡永松。

「永松，敢猶會記得影印互你的《台灣時代》雜誌。」文勇仔問。

「知，猶留咧。」永松講。

「內底有誠濟討論台灣民族主義的文章。」文勇點醒。

「啊，是，您批判統一併吞派：您放殺 1936 年毛澤東佇延安接見美國記者斯諾(Edgar Snow)所宣告的國際主義精神，結局，您即馬反對台灣民族革命獨立運動。」

「這擺，台灣時代佇『建國聯合陣線』籌備會提出台灣民族獨立綱領。」文勇仔點出來。

「這，有聽著。」

「唯鄉土文學，年初，摸出來台灣民族文學的脈，漸漸仔，体會出台灣時代的民族革命提法有道理。」

「唔拘，台灣人錢濟濟濟，唯腳目淹甲夠頷頸，攏吸著議會政治的嗎啡，一身一身猶軟腳蝦。」永松佇電話彼頭指出殘酷的事實。

「是，阮水牛城的同鄉道是猶少人對著台灣時代彼款講法行。」

「阮遮密西根亦共款啦。」

「春三月，台灣時代發言人蔡節來水牛城演講。」

「講啥？」

「以『政治經濟命運共同体』觀點，分析台灣民族的形成。」

「啊，參過去台獨聯盟的種族血統論，敢有啥精差？」

「伊跳出狹隘的種族論，唯人民、土地、文化、語言，落手界定。」

「伊的人民是指啥？」

「指美麗島嶼頂所有的族群：包括原住民、客家、北京語族、福佬。」

杜文勇潦落這場後美麗島運動的滾絞的大河裡，時序來夠 1980 年秋天，杜文勇佫想著蔡永松，提電話拍。

「永松，久無通電話，好無？」文勇仔問。

「誠好，交著新女朋友啦。」永松失戀誠濟斗，文勇一聽替伊歡喜。

「啊，恭喜，著愛速戰速決噢！啥時請阮食喜酒？」

「卵猶無雄，緊無路來，食緊損破碗；那像軟腳蝦，急無路來，著愛下時間落實健身，嘛才有法度驚天動地舞！」

「按呢生哄，無……換一個話題……敢猶會記持，捌送你一本菲律賓民族英雄黎莎的小說《革命黨人》。」

「有，有讀過，但是情節已經記未起來啦。」

「菲律賓人將這抱小說看成菲律賓民族主義的聖經、火種。」

「噢，按呢生………聖經、火種……」永松聯想著星火燎原。

「所致，最近，俗摒出來詳細讀。」

「有啥感想？」

「小說有暗示。」

「啥款暗示？」

「若是，民主的改革行無路來，武裝革命可能是互社會轉變的唯一方式。」文勇的語氣誠嚴肅沉重。

「啥？這參台灣時代的講法，敢唔是共款！雖然，時代相差有一百年。」

「唔拘，你嘛講過，台灣人現此時猶是軟腳蝦。有影是急無路來，著愛下時間教眾人，健身改變体質，一步一腳印，穩穩仔來。」

來自黎莎的文學啟示，伊杜文勇摸著台灣鄉土民族文學的索仔，漸漸泅活過來，接上台灣民族解放的革命大索。

佇北美洲，誠濟台灣留學生攏是：看向太平洋興嘆。故鄉美麗島，天羅地網，飛未轉去，只好唱著〈黃昏的故鄉〉，罔治相思病。烏名單擋路，所致，好的思想，新的論點，親像台灣民族解放觀，亦無緣傳淡入去。杜文勇有這款的感嘆。

杜文勇繼續認真本身生化統計數學的教學及研究。杜文勇的統計才華佇羅斯衛魯園癌症研究所施展開來，幫助中心開發出新葯方新療程，血癌治療成功率已經超越四十拍仙，提升強欲有五十拍仙，孫明昌主任足歡喜。杜文勇、孫明昌參 Dr. Hansen 作伙發表血癌生化統計學的論文，引起傳統統計學界及醫學界極大的注目。

杜文勇 1981 年佇台灣時，有去台灣大學母校數學系、醫學院、中央研究院數學研究所，作過血癌治療「白斯」統計推論即方面的演講。相思蟬對杜文勇的白斯推論法感覺誠好玄，一直想欲問伊，總是無機會，等候伊做仙了後嘛揣無機會。即馬伊擋未稠啦。

「敢會使請教你一項統計學的代誌？」相思蟬問杜文勇。

「會使之啊。」生化統計學家好禮仔回話：「統計學是我的專門。」

「啥物是『白斯』統計推論法。」相思蟬講：「有寡蟬友提起，你演講時有紹介過，聽講誠好用。」

杜文勇無料著，相思蟬會問這款特殊的統計理論及推論法。為著精準回答相思蟬，杜文勇先作以下的背景紹介。

白斯統計(Bayesian Statistics)是十八世紀一位英國長老教牧師白斯(Rev. T. Bayes, 1702–1761)數學家發展出來的。世間自然界社會界，任何事件一再發生，可以將某款事件過往發生的一對數據：「次數」參「時間」扶扶作一堆，揣出伊發生的「過往或然率密度函數(A)；Prior probability density function」。紲落，針對這款事件作一寡採樣，收集採樣品的數據：「次數」參「時間」，測定伊的「可能性函數(B)；Likelihood function」。然後，根據「過往函數」參「可能性函數」來推定「未來或然率密度函數(C)；Posterior probability density function」。道是，根據白斯定理：C 參 BA 成正比。這個「未來函數(C)」可以估計未來發生的或然率。

「白斯推論法，敢可比禪師神算未來？」相思蟬問。

「神算嘛無法度百分之百確定啦。」文勇仙歹勢講明。

紲咧說明：「統計用來推論事件的或然率，知影或然率，咱才好作決定。親像癌症治療的成功率有偌濟，然後再作是唔是作化療的決定。因為化療誠傷身，假使成功率只有五拍仙爾爾，敢欲作化療？」

「啊，你的白斯統計推論法敢有好用？敢可靠？」相思蟬無客氣問伊。

「當然咯！」文勇仙自信滿滿講：「作過的推論，後來的數據一再見證可靠。」

「好！」相思蟬唱明：「你敢有用來推論你當年轉來台灣的危險率？」

「當然嘛推論過。」文勇仙講：「我文勇仔唔是彼款有勇無謀的人呢！」語聲變粗旺，聽會出來，伊有淡薄仔受氣。

杜文勇指出濟濟海外台灣人民主政治運動人士，引起國民黨政權迫害的案件，親像 1978 年秋天唯美國回台灣的葉彩蕾案，1968

年唯日本回台灣的陳宗統醫師案，1967 年受日本官方遣送的劉文欽案，1979 年夏娃伊意的蕭玉喜案，………等等，逐項攏加他扐扐作伙，揣出「過往危險率的函數(A)」。紲落是伊本身佇美國參與的一寡政治活動，測出伊本身的「回台危險可能性函數(B)」，紲落得出伊杜文勇轉去台灣的「未來危險率的函數(C)」。

「結論是危險率算不止仔懸。」文勇坦白講。

「哎唷喂！按呢，你奈敢轉來？」聽會出相思蟬誠唔甘，嘛誠受氣。

文勇按呢講：

佇美國有八年，讀過誠濟文學書，包括希腊神話裡的唯天庭偷火種造福人世間的普羅綿修士，嘛看誠濟美國歷史，包括 1776 年的獨立戰爭及西部開拓史書參電影，濟少有學著西方人冒險精神。危險嘛是可以行，當然愛有對策，將風險降夠上低程度，抑是，作萬一發生的處理方法。有風險，煞驚甲唔敢振動，嘛永遠未出脫。上霉！嘛是命一條爾爾，若按呢犧牲，濟少有正面的作用，嘛是有一定的價值，敢唔是？你看，咱南方菲律賓民族國父黎莎講過：「若是，我的死會當結束恁逐家的痛苦，我會死甲誠安祥。」黎莎的訣命詩，湧起菲律賓民族的獨立革命。

杜文勇紲咧佫講：「欲轉來看囡仔時代相思林山的茶園美景，贏過美國的山水。而且，誠懷念恁相思林紅面蟬的親切叫聲。」

「按呢生哄……」相思蟬心肝頭燒落燒落，目𥍉水飽滇飽滇。

這時，伊杜文勇的頭殼底浮起來下面的影相，用超音波繼續傳送互相思蟬。

當年 1981 年回鄉，特別來相思林寺燒香參拜，坐佇寺前大欉相思樹下腳，看往大嵙崁溪東爿的懷念中的大溪街仔，目珠收煞轉來，看著山腳的大嵙崁溪，依然是綠水流悠悠。參阿爸開講：「古早阿祖起的寺，誠呢仔莊嚴古雅有禪機，三藏取經的彫刻神性足足。去美國留學嘛有寡是咧取經扐火種呢。」

佇異國留學日子裡，定定佇記持裡演詩藝：

想思花海黃，蝴蝶舞翩翩，禪聲相思蟬，
茶山無處盡，採茶娘赤散。
綿綿春雨漫，重重霧氣深，濛濛大地蒼，
遙遙山村遠，茫茫遊子心。
留學客他鄉，欣羨民主風，故國猶坐監，
取經帶火還，啟蒙照路人。

文勇佫說明：「誠數念爸母，想著掣後生『數傑』轉來見伊的阿公，嘛欲參台灣學術界及醫學界，分享生化統計學知識。另外，決定轉來台灣，對外，政治封嘴，不談。」

「你細漢時，定定來相思林山觀音寺，阮相思蟬族人人攏捌你。」相思蟬講：「知影你人正直，講義氣。你講政治封嘴，若不幸，拄著，你敢誠實擋會稠咧？」

杜文勇思想起：

暗夜的家園，咧等火鳥降落；夯著火種的海外遊子，中著引蛇出洞的奧步。當年佇水牛城留學相捌的蔡友和齒科醫師，佇六月初，轉來夠台灣的第二禮拜，佇厝裡設宴歡迎阮一家人，另外有蕭維人參蕭維松兄弟兩家作陪。蕭維松核子工程教授嘛是水牛城熟悉的朋友，蕭維人這號人物，我唔捌伊。

「蕭維人自我紹介，講伊咧辦一份《政治家》雜誌半月刊。伊自稱參在野的美麗島政團及國民黨政權官方攏有來往。一聽，心肝頭隨惐一下。」

「誠害！」相思蟬哀一聲。

杜文勇紲咧佫講起：「主客四家八個大人，七個囡仔，飯後四個查甫人坐作一組，查某人參囡仔另外成作一組，查甫人組誠緊變成蕭維人參我杜文勇的政治大辯論。」

「啊，是啥物政治議題？」相思蟬問：「敢有要緊？」

「總体來講，主題是美國式的民主政治佇台灣的前途。」文勇講：「蕭維人肯定這是目前應該拍拼的方向。一聽，道火焯，用種種無共的角度來質疑。」

「你用啥質疑？」相思蟬誠煩惱的腔口。

「指出：美麗島事件證明民主政治路線行未通。」文勇回答：「我舌，一時無想著，煞漏出：咱台灣人道愛改行体制外出頭天的運動，親像台灣民族解放路線。」

「你主張体制外的運動，佫是用這號台灣民族解放路線，敢唔是等於是一款革命路線？」相思蟬佫講：「你奈遮呢仔大主大意，講出心內話，佫是遮大條的呢！」

「是啦，代誌大條啦。」文勇講：「後悔，已經未赴收，散會進前，只好向蕭維人解釋：『今暗，用徛佇反方這款美國式辯論法，咧參你答嘴鼓啦！莫論真吶！』蕭維人笑笑，鬧一字：知。」

「知影你的個性，道咧驚你忍未稠咧。」相思蟬心疼：「蕭維人用民主政治出頭天的看法，來套你心內話，你煞真正唔知死活！講彼款啥物碗糕的……台灣民族主義吶！……台灣民族解放哄！」

蔡家鴻門宴，杜文勇煞破功，風險控管全放未記持咧十三天外。

可憐啊，人算唔值得天算。

「鴻門宴之後，落南去透氣，一直夠恆春半島，遊墾丁公園，欣賞祖地台灣相思樹堅定硬勁的氣質。欲落公路局巴士，雄雄一台烏頭仔車衝過來，緊退回車門，隨挽著門柱，身勼入車廂。險烏有去，驚一趒！」

「墾丁轉來台北，才知影，情治人員咧問周邊的人，親像阮大舅仔弟婦仔，探聽我這擺轉來台灣，攏咧創啥？」

「來夠六月底，去警總出入境處，欲提出境證，您才知影我七月初四欲回美國，所以七月初三互您強押去約談。」

紲咧，杜文勇回想當時佇警總貴賓室的約談。

「據說你是水牛城台灣人權會核心份子？」一位台灣人腔口的調查員問。

「是啊。關心人權是普世價值，無啥唔著啊。」

「你在美國有辦過《鄉土文學通訊》？」

「是啊。」

「《鄉土文學》是通匪的工農兵文學，你難道不知道嗎？」

「唔知呢，只是強調台灣本土意識，同情弱小人物。」

「台灣意識，這不就是台獨嘛！你可是不打自招。在美國，你跟台獨份仔來往密切，都在作些什麼呢？」

「同鄉會出入，難免拄著無共款的人，唔知誰是台獨份子。」

「你影印台灣左派出刊的《台灣時代》雜誌，到處分發給同學，為什麼？」

「內面有文章大大批判毛朱共匪政權，摳洗毛朱數想併吞台灣，參大家分享啊。」

「其實裡面更有台灣民族主義的論述，你只是避重就輕，騙不了人啦。」問案者繼續問：「你跟統一派傾中共人士走動很勤，譬如李我焱，陳恆次。為什麼？」

「是啊，共同為著保護釣魚台運動嘛。」其實釣運已經是無脈矣，問案者大概也知影伊是避重就輕。

「你又不是黨員，為什麼經常跟國民黨學生混在一起，有時你還帶隊到各大學參加校際籃球賽，是何居心？」

「興拍球，愛交朋友，按呢爾爾。」

「你活動力蠻強嘛，左派，右派，台獨，統派，你都接觸，你到底打什麼主意？」

「無啦，出國去，新的環境，無奇不有，只是好奇，攏想欲知影。」

「只是好奇嗎？那你為什麼推動《美麗島》雜誌募款？每月匯美金一萬元。」

「純粹為著贊助台灣民主運動，親像美國盟友這款的政治運作。」

「有一位叫蔡淑櫻的去過你家，由你家打國際電話給《美麗島》雜誌總經理許明澤，進行英文文摘出刊事宜。記得吧？」

「無吧？無這項代誌吧？」

「那，你聽這段錄音帶。」調查員放帶。

「聽到啦，正是你，自唱名姓，跟許明澤自我介紹。」調查員下結論，杜文勇只好扰頭。

「水牛城一場美麗島事件座談會，你也有發言，更大喊：『亡國民黨政權』。」

「無印象吶？」

「那，你看這段錄影帶。」調查員放帶。

「就是你，清清楚楚，手握拳頭，眉頭鼈鼈，昂聲大喊。」調查員下結論，杜文勇佫只好扰頭。

「事件之後 12 月下旬，在紐約市聯合國廣場，你畫了一張蔣經國的大頭像，請大會主持人放火燒，最後，是你上台親自燒的。記得吧？」

「無記持吶？」

「那，你看這段錄影帶。」調查員放帶。

「掩面這個人，眉毛粗粗的，眼眶深奧，頭髮濃密，就是你嘛！」調查員指稱：「那句『燒死打壓民主運動的獨裁者』，語帶鼻音，聲調洪亮如你啊！」

杜文勇向相思蟬講：「愈看愈驚，原來，國民黨情報作甲遮呢仔徹底。調查員將檔案合起來時，有影著封面，八大字：『美國校園彩虹專案』。原來，傳說中的國民黨派職業學生作特務，這款校園間諜是真的！」

紲落，道開始將錄音換作書面筆錄，等杜文勇將筆錄過目，簽名，已經暗時九點。伊想可以轉去咯，準備夠大舅仔公寓，將款好的行李點點咧，明仔載早起參牽手及幼囝坐飛行機回美國，準備暑期生化統計學講座。

完全無料著，猶有一場好料的，是九點半開始。

杜文勇將記持的錄音帶放互相思蟬聽，如下：

「在蔡家宴會，你向蕭維人推銷台灣民族解放論。這是『台灣時代社』的革命綱領，你跟他們是啥關係？」問者帶一款親像蔣介石的浙江腔口。

「唔捌您半個人。」杜文勇回答。

「媽的，講啥？用國語。」浙江仔喝。

「不認識他們。」佇美國八年攏習慣講台語，這時身不由己，只好換用北京話。

「宴會之後没多久，你去南部，一直遊到墾丁公園。」浙江仔講：「到新竹跟柯文達聚會，在台中見過許春源，台南找過高俊義，高雄去看李明仁，屏東跟陳友興見面。你跟他們談啥？」

「大學數學系同窗，多年不見，找他們聊天嘛。」掣一趒，但是，冷靜答。

「是不是同樣在宣揚台灣民族主義？」

「講一些美國統計學的現況，聊一些美國見聞，譬如冬天一過，校園裡，春光中美國姑娘大曬日光浴。」

「你不老實！男子漢，敢作敢担！」浙江仔比一下手：「咻！一聲，一條軟棍仔拷夠胼仔骨。」疼甲透穿入骨。

「台灣時代社派你回來幹啥？」

「講過啦，不認得他們半個人啊！」聽您重覆問，再問，煞反感大聲嚷。

「你想當鐵漢？從實招來……不說？哼！」浙江仔手一比：「波！一聲，軟棍仔捧夠胸坎。」夭壽骨！疼甲強欲未喘喟。

「說啊！……說啊！……哼！」

「迸！一聲，軟棍仔摧落腹肚。」

「你還真硬頸！不肯吐實！……快說啊！……哼！」

「來一腳，踐夠倒爿腰子。」

佇遮，文勇暫時停止記持的錄音帶，直接向相思蟬講：「原來，行踪您攏調查甲清清楚楚。這五位同窗攏是高中數學老師，參學生囡仔誠有話講，牽掣學生課外活動，親像郊遊，看電影，食飯。您攏是死忠換帖的，談啥？您知我知其他人無人知，諒您警總人員亦問無啥物。」

杜文勇佫繼續將記持的錄音帶放互相思蟬聽，如下：

「台灣時代社有多少成員？」

「不是成員，不知道。」

「你跟美麗島政團的游仙龍一伙搞『台灣民族解放』運動的『台獨』活動。」

「不認識他游仙龍，那來………」

「操！死鴨子，硬嘴。媽的！」伊手一比。

「邊仔一位起腳，大力踢夠正爿腰子。」

「操！台灣民族解放，現在就讓你解放！」伊手大掃一下：「軟棍仔，四面八方，拷過來，抽落來。」足疼足疼。

「摒摒迸迸，乒乒乓乓，一直落一直落，未輸雷公箭雨連環掃射過來。」歸身軀人疼甲哀無聲。

杜文勇仙向相思蟬解釋如下：

因為我活動範圍誠濶，獨派，左派，統一併吞派，黨國派，我攏有來往。但是，您是您，我是我。唔拘，您一再問，特別是有關台灣民族主義這項，有關的一寡組織的物件，您的運作，我奈會知影？卻是您掠定我無老實講；當然，若知，我敢著會講？結局，您一直注射，欲互我潛意識放鬆，漏漏出來。奈煞吐無這方面的半絲仔資料。刑的，注射的，連紲來，一直落刑，一直注射，您看我人粗勇，會堪得佫刑佫注，結局煞互您注死刑死。

相思蟬插入來講：

啊若講你互您落刑，阮有蟬友拄好佇警總修理室邊仔的相思樹，修理室的壁縫佫有阮的朋友夜婆。阮綜合起來，你受著的刑，有軟棍拷胸，摔腹肚，揁龍骨，踐腰子，這款夭壽修理法，攏是外口皮肉無啥大傷，卻是內傷慘重，骨斷骨折。按呢修理，所發出來的超音波，攏互阮蟬友及夜婆接收甲足清楚，另外，有聽著你杜文勇超音波哀聲，一款人類耳孔聽未著的、悽慘落魂的哀聲。彼陣，阮馬上聯絡眾生界，注意你的狀況，及可能的行踪。

「啊，恁是作啥安排？」文勇仙問：「死後夠變仙，這段，我無所知，全空白。」

相思蟬長話短講，報告如下：

你嘛知，聲音速度每點鐘 1236 公里，比車行速度卡緊 10 倍，比人行路佫卡緊欲 100 倍。你互怹摔磨夠半暝十二點，發現怹將你唯警總用車運出來。佇警總的夜婆馬上發出緊急超音波，請眾夜婆行動起來，眾夜婆用怹超音波辨識物体形体及行蹤的能力，檢測怹按怎徙動你的大体，一站通報另外一站，一路通報落來。發現車順著博愛路往南行，左越行入愛國西路向東去，然後正越切入羅斯福路，往東南爿去夠台灣大學，無入大門，繼續往公館去，左越踅入舟山路，東北向行車，駛夠台大農學院農場灌溉用的水溝岸，水溝沉土橫過舟山路。由兩個大欉的情治人員將大体順著水溝岸扛入校園，行過男生第五宿舍及機械館中央的暗摸摸的空地，偎佇機械館的牆壁，踅來夠館西暗散蕃薯園。這時，約欲一點，阮拜託暗光鳥嘛加入來，追蹤。最後，怹將你扛來夠蕃薯園西爿盡磅的生化研究所防火梯下腳；所前有大王椰樹，遐，拄拄好有一隻暗光鳥，歇佇大王椰樹頂，這隻暗光鳥將過程完完整整記錄佇伊的頭殼裡，嘛隨傳來伊所見。

「事後，阮眾生界攏時時接收社會眾人，您對新聞報導的紛紛議論。」

「啥款的新聞議論？」

有人講：「警總聲明：『初三暗九點半，阮將杜文勇送夠伊大舅仔公寓，看伊安全進入公寓，阮才離開。』」

「白賊。」文勇仙講。

佫有人講：「蕭維松表示：『初三暗欲十一點，杜文勇有來阮公寓揣我，嘛揣冰箱食寡物件，寫一張英文批，欲十二點離開，欲走，講起，這，大概是咱最後一面。』」

「誠是長螃螃的白賊話，誠衰，交著即款朋友。」文勇仙講。

民間人士上大的議論是：「台灣官方驗屍報告，美國法醫魏徐(T. W. Welch)驗屍報告，兩款報告有共款的推論，嘛有精差的所在。」

「啥款推論？啥款精差？」

「攏指出皮肉無啥傷。」

「啥？您夭壽加我注遐濟針射，注射針孔綿綿麻麻，奈會皮肉無傷，定著是官方掩坎，啊若是魏徐，恐驚是伊拄夠台灣，有『時差』人忝，看走精去吧？」

「攏驗出胼仔骨斷誠濟枝，龍骨嘛受傷，腰子裂傷。」

「難怪，彼時，疼甲搵落去。」

「另外，您攏推定你有唯防火梯五樓懸處摔落來。」

「噢？」

「警總掠定你是家己跳落來的。」

「人道互您刑死啦，奈猶會爬梯跳樓，真正是隨在您咧亂泉！亂編故事。」

「法醫魏徐認定生化研究所只是第二現場。」

「著啊！魏徐敢有講第一現場佇佗位？伊是診斷甘迺迪總統謀殺案的有名法醫呢！」

「魏徐有驗你大体，觀察第二現場，參警總司令汪敬熙有一場工作會報，魏徐一字一字聽過你的筆錄，是由『美國在台協會』派人當場翻譯的，魏徐感覺筆錄無啥問題，意思是純約談，無動刑的，魏徐佫去揣蕭維松。道是無聽魏徐講過第一現場是佗位。」

「筆錄是文場的，當然看未出有落刑的痕跡，見蕭維松聽彼款白賊話，也難怪，魏徐歹推定第一現場佇佗位。」文勇仙吐嘐。

「官方一直講，報紙連紲報誠濟日，講你參游仙龍鬥陣，創台灣民族解放陣線，搞台獨，這是上嚴重的，所致，畏罪自殺。」

「難怪，您一直咧問游仙龍的代誌。好笑，嘛誠反諷，我唔捌拄著游仙龍。您的情報奈遮呢差？牛頭馬嘴亂亂湊！」

「包括魏徐，其他專家攏推論是謀殺。」

「謀殺，可以按呢講！」

「魏徐進一步斷定：『你來夠第二現場時，已經是半條命：神志不清，隨在人拖徙，唔拘，雖然按呢，夆唯五樓擲落來的時，猶未隨斷氣。』」

「這，唔著，錯了了啊！刑傷參摔傷敢講遐歹分別嗎？魏徐的水準世界一流的呢！奈煞………」

「是啊，就阮偵察著的，嘛是你家己上知的，離開警總時，你已經死亡。」

「扛你大体的兩位，其實並無爬上五樓，您無了戇力，實質上，嘛避免懸處摔落來的磅地聲，免得拍醒守夜的工友。」

「噢？」

「您看準防火梯五樓懸度，若唯五樓摔落來，你的大体差不多佇啥位置。」

「按呢生呷？誠聰明吶！騙過所有的法醫呢！」

「您量其約，將你坦笑囥咧；腳西，頭東拄蕃薯園。紲落，緊拼咧旋。」

「舉頭三尺有神明，您敢心安走離？」

「是啊，您兩人佫踅倒轉來，一個將你鞋仔褪落來，一個囥入腳尾錢，才旋。」

「原來是按呢生。」杜文勇仙得著死後真相，紲咧講：「對不起牽手幼囝，失去翁婿老爸，情何以堪啊！」

「您有您的命，你有你的仙途，世間事本就無十全十美。」相思蟬輕聲安貼。

仙蟬杜文勇恬恬，深思的款樣。

相思蟬讀出文勇仙的心思：「思想起三藏……思想起希腊神話的普羅綿修士……思想起黎莎……思想起蕃薯仔……蕃薯安祥落土爛，火種旋藤獨立湠……」

佇「相思林寺」大門，刻有聯一對，可比是文勇仙參相思蟬對談晶品：

莊嚴開台民族香
禪機潤灣解放火

——2013.4.26 寫佇苿里鄉

2013.7《台文戰線》第 31 號

唔定天公疼戇人

德州北部秋天，日頭直欲落山去，天公水屑屑落來；張彰仁拄拄好調好車頭，欲向前開，車輦煞是空轉，未進未退。

十分鐘前，張彰仁佇旅社便裝換好，隨車開出來上路，離旅社約有四英里，倒越入去一條路，開約一英里，正越開入另一條路。直覺上，伊掠準唯遮可以去一個購物中心，遐有飯店。開落去，路愈來愈窄，突然間，車燈照無路面，親像路向前急斜落去的款，敢是近斷崖？將車向來時路倒退攄，來夠路面有卡潤的所在，來一個三角定點法，車頭倒調 180 度，欲開進前，車煞未走。緊落車來看覓，駕駛座這爿無啥各樣，乘客座這爿兩粒車輦可比是拄起飛的飛行機輪胎，吊佇約有一英尺深的水溝仔頂。

張彰仁自言自語：「奈會按呢生？啥時，技術變甲遮呢仔老呢！」

秋天九月中，張彰仁出差達拉斯市，參德州電力公司洽談工程設計細節，足足一禮拜，代誌辦煞，欲回匹茲堡，唯市中心徙夠機場附近的旅社過暝，早起坐飛行機道免趕甲七早八早。今，奈會想著發生即款代誌。

「若無換岫，唯市區徙來郊外旅社，嘛道未發生即款豆醬代。」咧後悔。

本誠想講是抄短路，這聲慘咯，天地暗趖趖，荒野四界無半隻蠓仔，奈遮衰！

真正是人算唔值得天算。

天猶佫咧落屑細雨，時機誠霉！

張彰仁滯賓州西部一個社區，叫作嶺谷鄉，佇匹茲堡東爿約三十哩。作一個工程師，負責發電廠，特別是核能發電廠，模擬系統設計安裝。模擬機是用來訓練電廠運轉人員，等候訓練成功，才放您落廠實際操作運轉。當然，嘛是可以用來檢定資深運轉員的能力，是唔是有保持您的水平。因為，空課作久會放鬆，認為無問題，實際上，漸漸有寡漏溝的所在，若是定期考驗測定，可以保證電廠運轉人員的操控品質，減少意外的機率。

模擬機設計誠嚴格，設計包括電廠運轉各款可能性，生手靠操作模擬機得著經驗，當您操控真實機器本身時，才有辦法適時臨機應變，將電廠無正常運轉瞬間挽正來。這款模擬機佇核能發電廠用誠濟，親像原子爐爐心失水的「機率」，嘛著愛設計入去，雖然爐心失水的機率足低，比一億分之一佫卡低。唔拘，人講：「暗路行久，嘛是有時會搪著第四空間的鬼噢！」東京電力公司道是唔信邪！想講您的核能電廠萬無一失。但是，2011 年 3 月 11 煞著邪魔！拄著海底大地動，造成海漲，海湧三十米懸。佇防護原子爐設備的堅固建体外口，有柴油發電機，是用來運轉磅浮，然後，用磅浮送冷卻水至原子爐。根據日本當地過去數百年來海漲數據，定出十米懸的海湧設計標準，結局柴油發電機互三十米懸的海湧沖歹去，致使無法度提供冷卻水去原子爐，福島核能電廠原子爐心熔去，輻射漏洩，方圓三十公里人不得滯，蔬菜五穀染高度輻射性，無人敢食，良田抛荒，鬧熱社區變鬼城，附近海產嘛無人敢食。

機率，機率，人生行來，處處有機率；天底下，啥物代誌攏有可能，早慢會發生。

佇嶺谷鄉，彰仁滯欲有三十年。約二十年前，伊有一位高中同窗的後生，來匹茲堡作骨科醫進修，這位實習醫熱人佇高爾夫球場拍球，拄著西北雨，緊收桿，快步行過公園草坪，天飛來一晢光，彼時，伊拄好正手摸著尻川，感覺有一股電流貫往肩胛頭順著歸隻手，走落正腿入地去。離伊三步，有另外一位台灣人，是實習醫生的朋友，唯詩卡伍來，這位當場一雷拍死。機率每人無共款，有人活，有人死。

實習醫好命的機率有偌濟呢？關鍵在伊彎身，手摸著尻川。伊若是人無彎身，雷電唯頭入來，掃過心臟的可能性誠高，掃過心臟定著是無命！啊，佇雷公晳爁瞬間來一個彎身的機率有偌濟呢？

佇職場作欲有三十五年，張彰仁是模擬系統一流工程師，所致，伊不時愛出張夠電廠談生理接訂單。唯系統規格、設計、製造、安裝、試車、夠客戶員工訓練，彰仁一手包辦，伊手下有十外個工程師。模擬機大大細細工作按流程一項一項執行，工程進度有詳細品管控制。所致，工程進行連接無差錯，夠今，攏佇合約期間內交貨，無失誤。伊得過公司上高的品質特優獎，公司特別開慶祝會，晚宴同時邀請伊夫人觀禮。

彰仁代表公司接談生理，承包的模擬機大的夠幾百萬美金，小的幾十萬。伊世界走透透，唯大都會走夠天涯海角；日本東京走夠偎日本海的莊腳所在核能發電廠；唯埃及的第一大城開羅深入夠尼羅河上游滴地的水力發電廠；中東的杜拜大都會深入沙漠地段，中國北京轉內陸四川蠻鄉的煤山火力發電廠，美國北方領土阿拉斯卡柚空河水壩發電廠。所夠的工程地理攏是荒涼無啥人的景觀，開車是最後行程必經的工具，奇奇怪怪複雜的路況，伊攏捌拄過，偏偏唔捌拄著今暗歹勢的境況。

已經發生，煩惱，後悔，怪鬼神，攏無效，坐入車內想方法解決才是辦法。

車輦吊空這層代誌藏佇張彰仁心肝底，誠久，誠久。

佇嶺谷鄉，張彰仁參許青峯熟悉有二十外年，青峯工程師退休，日日閒閒閒。舊年四月，張彰仁翁某慶祝許青峯 70 歲生日，佇「北海島餐廳」食自助餐，人人槌甲一乾肚，青峯有糖尿病嘛無例外。青峯一行出來，雙腳外八字型，穩穩仔徙步，那像一隻加拿大雁，腹肚向前撐出去，一擺一擺，其他三位嘛差不多啦，歹勢加他亦一位一位詳細描寫。所致，張彰仁將車開夠莫藝拉河邊，散步助消化。這時，張彰仁講起車駛未行即層秘密史。

張彰仁按怎唯水溝裡脫險？講夠底。窮實嘛參機率有關係。

張彰仁故事只講夠車吊空佇水溝頂，開未出來，兩位工程師參您的牽手開始咧答嘴鼓，誠趣味。

「彼，唔才簡單。」青峯隨彈一句：「拍手機仔叫租車公司來處理道好矣。」

「請等咧，」青峯牽手林明珠嘛緊彈一句來：「你是工程師呢！拄著問題連想道無想，道想欲輕輕可可用工程外包解決，哼！」

「外包若是有法度解決，嘛是可以啊，互人專業的趁一手。」青峯講：「人您嘛有某仔囝愛飼呢。」彰仁的牽手張麗雲佇邊仔咧偷偷仔笑。

「若是有手機仔，當然代誌好辦。」彰仁講：「手機仔無佇身軀邊咧。」

「哀喲！」麗雲講：「啊，你出外唔是手機仔攏扎身軀底？」

「講來，誠厭氣。」彰仁講：「腹肚誠枵，佇旅社換輕便服，緊欲出門，煞將手機仔未記持去哩，無唯西裝褲換來牛仔褲。」一款猶佫唔敢相信的腔口說出原由來。

「啊，恁模擬機的安裝，唔是攏有一定的手續。」麗雲講：「一步一步照流程，才未出差錯。」

「是啊，是啊。」彰仁應：「唔拘，彼是工程啊，這是生活小代誌啊。」

「道是想講是小代誌，唔才走出萬一的豆醬機率來。」麗雲講：「互你雙手全豆花，粘黐黐。」

「勿講彰仁。」明珠講：「青峯佫卡慘，有一改出張汽車城地粗意，伊無扎錢包仔，無半仙錢，嘛無信用卡，唯旅社拍電話轉來，叫我用 Western Union 滙五百箍應急呢。」

麗雲聽著笑甲哈哈叫，紲咧酸一句：「恁工程師，工程代誌誠頂真謹慎，奈，生活細節遮呢仔落跋呢？」兩位工程師攏恬恬，唔敢氣喘。

「無，可以揣人落來門三工。」青峯講：「你開，您外口揀車。」

「佫來啊！」明珠啄一孔：「恁工程師處理問題，敢唔是著愛看有資源無？荒郊野外，落雨天，奈揣有人門三工！查甫人啊，誠是彼款有孔無榫的話，凊彩講講咧。」

「有按呢想。」彰仁講：「但是，親像明珠講的，路面攏無看著有車輛來去。」

「啊，無，你敢有想著步輦轉去旅社。」青峯問。

「離旅社有五、六英里。」彰仁講：「而且，天佫咧落屑細雨仔。」

時空換轉去彼當時的現場。

一旦知影輕可外包無法度用，張彰仁誠緊冷靜落來，想著工程職業訓練，第一，揣出問題佇佗位，第二，揣出解決的方法，第三，揣資源來解決問題。張彰仁足清楚，處理問題，資源唔是無限，佇即時荒郊野地，佫卡是資源有限。

研究生時代佇愛荷華大學，張彰仁有一台破車，研究生錢無濟，車保養攏嘛是常常家己來。佇冬天時仔，街路有時會結冰，車拄好發動，車輦有時會空轉。因為冰上，車輦參冰無摩擦力，致使車輦只是空轉，所以，伊車裡攏準備一寡厚紙，抑是舊報紙。一旦車輦拍空轉，伊道拭紙佇輦后，互輦仔捲入輦底，紙提供摩擦力，車輦道可以向前行。另外一款步數，道是掖沙佇車輦后。可惜，這兩款步數當前攏無效，因為車輦吊佇空中。

張彰仁揣著問題所在：「車輦吊空，車開未上路。」嘛想出解決方法基本上有二款，第一，用外力將吊空的車輦拖轉來路面，第二，增加吊空兩輦的摩擦力，道是造一條臨時車道，引導兩輦來夠路面。

若是講用外力，張彰仁有想著一項，道是青峯頂頭講過的，一人踏油門，另外一個外口揀車。但是，今，人力資源單單伊本人一位，即個行未通。另外，拖車來拖，嘛是無效，因為，無拖車佇身邊。

若是講造一條臨時車道，野外暗趖趖，欲佗位揣材料。

許青峯是核能發電廠設計工程師，專門其中蒸汽爐流体力學及結構工程空課，伊早前也有土木工程的訓練及造橋修路的經驗。針對彰仁的問題，伊共款掠著車輦吊空無摩擦力，致使無法度向前行，伊認定這是好解決才著。

「正爿車輦吊空。」青峯建議：「可造一條臨時車道啊。」

「理論是誠好。」彰仁講：「卻是，無實際，因為無資源啊。」

「啥物無資源？」青峯講：「揣寡石頭啊，抾寡樹椏啊。石頭作橋墩，樹椏作橋枋。」

「佗位抾樹椏？」

「附近敢無樹林？」

「是有樹林。」彰仁講：「啊，道唔是少林寺的，可以空手倒樹，斬樹椏呢！」

「附近敢無磚仔，抑是石頭？」

「荒野奈有啥物磚仔。」彰仁講：「是有看著一寡石頭。」

「若是按呢，」青峯講：「勿造橋，直接用石頭修一條石頭仔路啊。」

「誠敖，共款想法，有搬石頭，咧造石頭仔路。」

「所以，代誌解決咯！」

「準講溝仔有一尺深，兩輦之間至少有十尺長，」明珠插一句：「準講有夠濟石仔，嘛著愛抾甲半小死！」尾音提高，一款代誌歹辦的嘐口。

「免歡喜傷過早。」彰仁紲落講：「石頭無夠濟，無法度造一條長長，長夠連接兩個車輦距離之長。」

「煞未曉分段造。」青峯講：「一擺開一段，將石頭搬徙進前，再造一段，幾段後，道開出來，敢唔是？」

「咱所見差不多，先造一段。」彰仁講：「坐入車，一開，車輦有向前走一寡，但是，隨佫漏空轉。」

「啊，是按呢，」青峯講：「石頭參石頭之間滑滑，車輦一開始轉，石頭滑散去，致使石頭無夠高，車輦煞佫有一寡吊空。」

「落車，用手一摸，參你講的誠合。」彰仁講：「車輦佫有一絲仔吊空。」

「按呢生，」青峯講：「揣寡土塞石頭縫，互石頭未滑溜秀。」

「所見相共，」彰仁講：「重新加一寡石頭仔，然後，滲一寡土落去。」

「按呢好勢咯？」

「一開，隨拍空轉。」

「啊，人若急，道未頂真考慮。」麗雲指出：「未記持，天落雨，土含水呢。」

明珠接過去講：「所致，土變路溝糜，滑滑的程度佫卡厲害！」

聽您牽手按呢講來，兩個工程師歹勢歹勢，煞哈哈大笑；邊仔兩位太太嘛手指工程師，笑甲佫卡厲害，強欲漏下頦。

張彰仁彼當時仔舞甲歸身軀汗，試幾擺，石頭攏無夠栽，佫抾寡，重排。來回試，舞甲人誠忝。

一試再試，猶是失敗。逐項攏試過，所有的資源攏用盡，車猶牢佇遐，吊空中。

「看是變無步咯，」青峯講：「只有一步 11 輦步數。」

二位工程師作囡仔時，常在用雙腳行 11 輦步數，11 輦比起車來那龜趖，但是保證有效。

「是啊，」彰仁講：「開始雨中步輦。」

「所以，彼暗你是 11 輦解脫。」

「嘛唔是，拄拄好行無幾步，有一台車開入來。」

聽夠遮，青峯插入來，搶咧講：「按呢有救咯。」

「是。」彰仁講：「唔拘，脫險的經過，參咱想過的，攏無共。」

許青峯放棄，互彰仁仔繼續講，說分明。

這台來車，誠大台，參彰仁共款，開過去看著彼款路況，只好倒退攄。彰仁拽手，這台車停落來，拄好車頭對車頭。一欉大欉的德州佬落車來，彰仁掠著機會，請伊鬥腳手。聽彰仁說明車輦吊空，開未出來。聽了，叫彰仁開車，伊後面揀，揀未出來。伊人踞落來，彎身用正手一直摸彰仁車底，唔知咧摸啥，總是摸無著啥的款。

彰仁問："Sir, what are you looking for?"「先生，你咧揣啥？」

"Oh, hook hole for towing the car."「噢，揣拖車用的勾孔。」德州佬講。

彰仁講："But, do you have cable?"「唔拘，你敢有鋼纜？」

"Of course, I have. I use it to pull boat out of water."「當然有，唯水裡拖船上陸咧用的。」德州佬講。

伊無死心，唯家己車裡提一張大坐毯來，嘛提來一支手電仔，一身人倒佇毯裡，用手電仔一面照，一面揣，一面摸，佫再摸，即擺伊摸著的款。

德州佬人徛起來，歸身軀澹漉漉，那像佫膏著一寡路溝糜，彰仁感覺誠歹勢。德州佬行往伊的車頭，拍開一個四角盒仔，咧揪鋼纜的款。

彰仁心內想：「鋼纜應該是粗粗，盒仔細細的，鋼纜敢有夠長？」

德州佬唯內底揪出一條鋼纜來，這時，彰仁詳細看，才知影鋼纜誠細條，直徑約八分之一英寸爾爾。德州佬將鋼纜扣向彰仁車盤下腳的勾孔，紲咧，德州佬發動伊家己的車，穩穩仔倒退攄，將彰仁的車拖出來夠路面，四輦攏貼地，穩穩在在。

這位大欉白人德州佬欲離開進前，拍彰仁肩胛頭，鬧一句："Next time be careful"「後擺卡小心咧。」

「是，是，誠多謝，足感謝。」彰仁握著德州佬的手，誠懇一再說謝。

「阮彼個金頭毛仔秘書，她講：『彰仁，上帝咧保庇你！』」彰仁講。

許青峯質疑，奈有遮呢拄好的代誌，按呢脫身，那像是阿拉伯天方夜譚咧。

青峯講按呢脫身的機率誠低誠低，伊列出下面三點。

這條路顯然罕得有車行入來，特別是暗時，機率偌懸？上濟是百中取一：1/100。

唔是人人攏願意幫忙，天氣𩂟，落雨，這位德州佬欲幫忙的機率偌懸？上濟是五五對分：5/10。

道愛有工具，奈遐拄好，有拖車用的鋼線，機率有偌懸？全美國，上濟是一千台有一台咧耍船的：1/1,000。

所以，按呢脫險的總機率是頂三款乘作伙，所以是百萬分之五爾爾，是誠低嘛！

許青峯半信半疑。

信，因為，彰仁一向未講白賊話。

疑，因為，機率遮呢低。

「彰仁仔，你咧講古吧？奈有遮拄好！」青峯一款誠歹相信的口氣。

「機率少唔是未發生，有時機率愈低，威力愈懸；那像威力彩券頭獎彼款機率，足低足低，但是，並無表示未發生噢！」彰仁紲咧講：「猶是有人得獎啊，幾億的獎金呢！」

「落跋罔落跋，那像中著威力彩，有時天公伯仔嘛會疼戇人！」麗雲紲一句。

「唔是每項攏是天公疼戇人啦，每項工程是為社會創造福利，問題是：社會敢願意接受萬一發生的災難。」青峯領會彰仁及麗雲的話，而，引申至工程問題。

「是啊，親像日本福島核能發電廠所造成的輻射性災難。」明珠想起日本核能意外。

「模擬機嘛單單減少災難發生的機率爾爾，誰？有權片面決定起核能發電廠！」彰仁講出多年來心中疑問。

——2014.1.12 寫佇茉里鄉

2014.4《台文戰線》第 34 號

明信片

週末，許青峯來夠天霸灣大港嘴北爿海墘，照例，車停佇「蒂蘇托堡公園」；遮，有一大遍百年參天澳大利亞松，台灣人講麻黃，您參海風咧聲聲說說；釣魚中的許青峯，面對墨西哥灣，想起頂禮拜伊收著的一張明信片。

1976 年 10 月底，青峯小弟青池寄來一張明信片，唯參核羅里達共款的南國緯度、秋來氣爽的、鄉村道路麻黃歸排的南台灣寄來。批面一大片空空白白，無幾字，一目了然，問青峯：「即馬攏咧創啥？」離開台灣九年來，厝裡的人唔捌按呢問過。即款批夆感覺誠奇，夆捎無寮仔門，佫是用明信片，信文現現，任人看。

怪奇罔怪奇，青峯嘛是隨回一張批，其中一段：「你奈問我即馬咧創啥？食頭路啊！無咧創啥；上下班，週末釣魚，看電影，讀書，按呢爾爾。」

敢是有啥安排？為著某某代誌，檢查方便。因為批愛先拆開，檢查了後，著愛佫重封，誠麻煩呢！若是明信片，簡簡單單一目了然。佇美國的留學生，人人知影，國民黨手伸夠郵局，拆批檢查。所致，美國寄轉去的滙款，甚至用掛號的，常在遺失，顯然是郵局檢查人員順手牽羊；美國寄批者揣美國郵政賠償，您未堪得賠，只好來一個限制：寄台灣的保值金額上濟是美金四十箍爾爾。

約有一個月後，12 月初小弟青池回批來，講是做村里幹事的叔伯兄哥許松天咧關心，問起的。松天是青峯崇拜的對象，伊人大欉，誠緣投，比青峯加六歲；伊讀台南曾文農工，高級部出業時，青峯才國小畢業，考入灣裡中學初中部。

松天阿公參青峯阿公是親兄弟，佇曾文寮莊腳，您起二落三合院，松天您公仔彼落佇北爿，青峯您公仔的在南，門戶時時開開，兩落厝的囡仔來來去去。松天高級農工出業，隨考著普通公務人員，分發佇台南灣裡鄉公所辦戶政。青峯有時去公所辦戶口代誌，伊攏會拜託公所同事鬥腳手緊辦；若是偎晝，伊嘛會招青峯去菜市仔食晝。青峯敖讀冊，松天誠欣賞，定定買寡文具送青峯。當年 1967 年八月底出國進前一禮拜，松天特別招叔伯兄弟姊妹，包括自國校初中攏共班的松田，逐家佇灣裡餐廳替青峯餞行。

松天是叔伯兄弟裡的囡仔頭，伊誠照顧序細的。青峯記持裡有濟濟的情景，親像挈青峯去曾文溪，教伊按怎釣魚、泅水、摸蜊仔……等等。

印象上深的，道是冬尾時仔，松天會挈大大細細的囡仔，佇田岸邊起土窰。松天會分配空課，有的去抾土結，有的抾焦草、甘蔗葉、柴枝。松天教大漢囡仔用土結起窰，造形真像愛斯基摩人坎冰的圓形徛家厝，厝前有一個孔嘴出入，土結窰嘛是共款圓形有一個嘴孔。不而過，您有一寡差別，愛斯基摩人的厝壁密密密，土結窰處處有小孔縫。窰起好，柴嘛堆一堆，松天負責起火，著火的柴枝囥入土結窰。拄開始，煙唯孔縫吐出來，過一陣仔，煙無去，唯孔嘴可以看著紅紅的窰火。這時，松天教逐家用細粒土結塞入小孔縫，只留一寡無塞。按呢，一來，可以減少燒氣流失，二來，猶保持充足空氣對流入窰燃火。一直燃，燃欲近一點鐘，土結紅記記，表示溫度誠高。松天叫逐家將蕃薯提來窰邊，伊將窰頂的紅土結撥開一孔。紲咧，蕃薯一條一條擲入窰；然後，佫將一寡火紅土結推落窰，坎佇已經入窰的蕃薯頂；再來，另外一波的蕃薯擲入窰裡去，將紲尾的紅土結坎佇蕃薯頂。紲落去，松天叫逐家舉柴箍抑是磚仔頭，將土結拍碎。最後，逐家佫緊用土沙將土窰坎一層厚厚。

紲落去，松天佇田裡安排種種齣頭，親像宓孤揣，兩人三腳競走，人揹人作牛相觸。這款場合，青峯攏是參松田作陣，因為您是共年共班讀冊。大約過一點鐘，逐家耍甲忝忝。松天叫逐家圍偎來，伊用柴枝撥開土沙，松天一看蕃薯葉已經出湯，松天講：「蕃薯熟啦。」青峯當初有注意著，坎土沙時，松天囥落一蔟蕃薯葉仔，這時，伊才知影為啥物，道是用來判斷窰裡蕃薯是唔是熟未？

松天開始開窰，芳味一直傳夠逐家鼻孔裡，人人開始流嘴瀾。

松天用柴枝將蕃薯一條一條撥出來，撥離窰，逐家隨人揀家己意愛的。有的唔驚燒，隨將蕃薯皮扒開，趁燒享受蕃薯芳落肚的燒落感，這，佇冬尾時仔，是足讚的享受。有的驚燒，等一時仔，共款嘛可以享受蕃薯燒燒芳芳的滋味。即款烘窰活動，是叔伯兄弟姊妹、厝邊隔壁囡仔伴溫暖的記持。

青峯的記持裡，道是有濟濟即款松天掣頭的活動。親像去田裡下活網掠斑甲，去揣蟋蟀仔轉來分爿相咬；抑是灌肚白仔，用蕃薯簽拄腹肚焒芳；嘛捌佇落雨後的暗暝，提一盞電土火燈，落田裡掠水蛙；水蛙見火，一身恬恬未振動，用手一掃，隨入手掌心，隨揮落腰邊的竹籠裡。

國校時，囡仔伴結陣四界巡人厝宅仔的水果，偷挽鳥拔仔、柑仔、芎蕉、木瓜等等，青峯嘛作陣按呢挽。唔拘，初中以後，青峯道專心咧讀冊，時間攏用佇讀書頂頭，所以，道無佫參松田您四界痟四界挽。厝邊隔壁會投誰人的囡仔按怎按怎，內底道是無青峯。大姆煞講：「攏是青峯使弄您松田及其他囡仔，出去偷挽。」事實上，遐的囡仔伴並無挽來互青峯，所以，伊感覺誠冤枉。

記持裡，另外一層代誌，生活裡有一款緊張；五十年代保密防諜，匪諜道佇咱身軀邊；學生囡仔時時嘛互老師提醒，著愛檢舉可疑人物。

收著青池這張明信片的這年，1976 年，對許青峯來講，誠是多事之秋。

1976 年 7 月 17 至 8 月初一，奧林匹克運動會佇加拿大第一大城蒙翠奧舉行。加拿大參中共早早在 1970 年建交，加拿大政府受著中共壓力，片面禁止中華民國代表團用國旗、國號入境參賽。佇溝通無效之後，7 月 16 台灣代表團宣佈退出比賽。這時，許青峯佇天霸市西屋公司上班已經二冬半，伊寫一張讀者投書，送天霸市隔壁市的《聖彼得堡時報》，抗議加拿大當局，嘛同時摳洗國民黨，批評您佇台灣戒嚴統治台灣人，無和平、無正義、無博愛，失去奧運精神。投書真名登出，當時，佇天霸市的台灣人是人人知。

這年奧運後二個月，十月初十國慶日，省主席蔡西敏收著一件郵包，拍開炸傷左手，五枝指頭烏有壞死去，連手骨切掉。另外有兩位外省大官虎嘛收著郵包，一位是國民黨黨秘書長李方，一位是國防部長黃傑，李方只傷著尾指頭仔，黃傑接著炸傷的消息，無開郵包，逃開一劫。這道是史稱的 1976 年郵包爆炸案。

幾個月後，許青峯才陸陸續續得著這件郵包案消息。

聽講，國民黨當時將台灣大翻大摒一斗，足足二個月揹無寮仔門。傳說後來唯充員兵仔手紋檔案查著，是一位叫藍興旺作的案，聽講伊是台灣獨立聯盟美國本部的秘密人員。藍興旺作案了，隨坐飛行機離開台灣。

國民黨將伊老爸、小弟及五個好朋友，攏總掠夠警總保安處。您受威脅，若是藍興旺唔回台灣，您會受著販毒抑是匪諜案查辦。保安人員押其中一位朋友，拍電話互藍興旺，約佇香港見面。藍興旺如約去夠香港，才知影親友是人質，決心回台担罪，被判無期徒刑，後來減刑，1990 年五月出監。

郵包案後四個月，道是 1977 年二月，許青峯被公司調離核羅里達州天霸市，來夠紐約州水牛城，拄好是伊讀水牛城大學機械研究所的所在，佇磅浮部門上班，負責流体機械工程設計及開發。

時序來夠 1981 年，這年六月初出張日本，唯日本去台灣足近，飛行中，美國經理建議青峯，可以順紲轉去台灣探訪爸母。離開台灣十外仔外年矣，許青峯誠數念爸母，伊接受建議。

當他佇西雅圖轉機時，青峯緊買一張風景明信片，寫幾筆，通知牽手旅程變化。佇日本出張會議一結束，青峯唯神戶去大阪，向台灣的亞東關係協會申請簽證，早起送件，下晡佫踏入去。簽證主任講他電腦有伊的資料，無法度互伊簽證。

唯日本轉來水牛城，許青峯一直咧想提無著簽證這件代誌；顯然，伊許青峯烏名單榜上有名。這，應該是國民黨海外特務線民爪耙仔報告所致。

許青峯開始回顧伊來美國了後的活動。

1969 年青峯參與水牛城台灣同鄉會的成立，年年參與，負責借場所辦活動。

1970 年參加釣魚台運動，演講，佫去華盛頓 D.C.，向台灣大使館示威遊行。

1971 年秋天，猶咧修博士學位的許青峯，去紐約參加台獨領袖彭聰明召開的「台灣民眾大會」，大會佇 9 月 18 在紐約喜魯屯大飯店舉行，向世界宣示：「一中一台，台灣獨立。」會後，上街示威遊行，沿路有人咧翕相，他可能是國民黨的職業學生。

1977 年四月初，灣裡同鄉張文和來美農業考察，約好，拜一欲拜訪康乃爾大學農學院，參觀農產品種改良技術。佇週末，張文和順便來水牛城探訪許青峯，滯兩工；青峯掣文和遊二十哩外的奈阿加拉瀑布，一面遊景一面話仙。

「青峯，這擺欲來考察進前一禮拜，我特別去看恁爸母。」文和講。

「多謝，阮序大人身体攏好無？」青峯多年無見爸母，關心他的健康。

「身体看來，誠勇健，唔拘，恁老爸心情無講足好適，有叫我傳話。」

「是怎樣心情霉？傳啥話？」

「恁老爸講：『是唔是將故鄉攏放未記持去啦，無想著轉來台灣。』」

「有影，我這個不孝囝。當初嘛向老母講過：『研究所讀煞，就轉來。』」

「啊，你奈無想著轉來，一綴嘛好，互序大人看一下。」

「拄開始，學生時代無錢；後來，食頭路，有人轉去出代誌，煞心肝胆胆。」

「我嘛有越去拜訪松天，伊足關心你，講有十年無見面啦。」文和轉換話題。

文和參松天是同年生，您是灣裡國校共班同學，文和後來讀台南師範，教冊做兵了後，參青峯共年考入台大，文和讀農學院。青峯欲出國時，松天阿兄本誠有一位誠好的女朋友，咧談嫁娶，大姆嫌人散赤，婚事無成。

「松天阿兄嘛已經四十歲咯，未婚，即馬，敢有女朋友？」

「無聽伊講起。但是，伊有特別交待我傳話。」

「啥款話？」青峯心肝頭慽一下，又佫是傳話。

「莫參加反政府的活動，勿插台獨運動。」

青峯彼時驚一趒，叔伯兄哥奈講甲按呢生，嘛想起半年前青池寄來的彼張明信片。

叔伯兄哥是村里幹事，伊所代表的是國民黨政府政令推揀的基層人員，敢會嘛是情治外圍線民？1977 年四月初，離台獨份子藍興旺郵包爆炸案才半年爾爾，村里幹事敢嘛是受令參與清查可疑份子，親像海外留學生？有查著啥物資料嗎？啊無，奈會叫張文和傳話呢？無論松天的動機是啥，伊總是希望小弟青峯勿有災難上身吧？

1978 年同鄉會春節聚餐，餐後咧討論會務，有同鄉指出，有國民黨黨員專門拍小報告，每個月領政府四百箍美金。煞有人徛起來，伊講：「無啦，每個月領二百爾爾。」哀喲！許青峯掣一趒，唔知伊是白痴？抑是擺明恐嚇？嶄然仔理直氣壯呢！

1978 年秋天，青峯參加水牛城人權會，這是六人秘密組成，內底有杜文勇；為著推揀同鄉會會務，青峯被推出來競選同鄉會會長，年底選著，接 1979 年一任一年的會長。

1979 年正月初一美國總統卡特宣布台美斷交，美國正式承認中華人民共和國。青峯寫一篇台灣人欲獨立的讀者投書，《水牛城郵報》編輯附一張插圖：「一隻中國沙魚泅夠台灣，大嘴開現現，一排嘴齒牙牙牙。」雖然用筆名登出來，爪耙仔若是有心，恐驚嘛是會想孔想縫，去探聽投書者是誰。

1979 年 12 月初十，世界人權紀念日，台灣黨外人士以美麗島雜誌社作運動中心，佇高雄舉辦人權遊行、演講，國民黨借勢，安排烏道製造暴動。然後，藉口大掠黨外民主政治的領導人物。在美國的台灣人攏徛出來抗議，1979 年 12 月中旬，時當水牛城同鄉會會長的許青峯嘛辦一場美麗島事件座談會，現場來了各路人馬，有台獨派、有國民黨派、有統一併吞派，會場擠擠擠。這場座談會人人起來大罵國民黨政權，包括杜文勇在內。

杜文勇 1981 年五月轉去台灣探親，七月初被警總約談，隔早夆發現死佇台大校園。後來，傳出警總有放這場座談會的錄影錄音帶，互杜文勇看。許青峯主持這場座談會，伊本身嘛激烈批判，喝一聲：「偃倒國民黨政權！」

既然 1981 年六月去日本出張，提無著簽證，正式證實許青峯是佇烏名單裡。只有自力救濟，佇 1981 年年底招爸母來美國探親。當面講破：「除了偃倒國民黨政權，這世人可能無機會回台灣。」許青峯爸母了解後生無欲轉去的原因，嘛勸後生，勿轉去，避免夆杜文勇去。

查過來查過去，唔知您職業學生爪耙仔是怎運作咧？伊青峯是怎樣上烏名單咧？

佇 1983 年，青峯公司調伊離開水牛城，來公司佇匹茲堡的能源總部。

時間足緊咧過，來夠 1988 年，牽手林明珠欲掣查某囝轉去台灣探親，安排參她老爸作伙蹉跎夏娃伊意及日本。牽手及兩位查某囝簽證攏正常辦出來矣。隨後，紐約台灣領事館人員來電話。

「許太太，恁先生奈無作伙申請，叫恁先生嘛轉去台灣看看咧。」

「是啊，我嘛按呢講，但是，阮先生無意願。」

「為啥物無意願？」

「佇 1981 年伊佇大阪申請，互恁拒絕，理由是恁電腦有伊啥物碗糕資料。」

「解嚴啦，可以佫提出申請。」紐約領事館人員猶是鼓勵。

七年前，佇大阪城簽證提無著，心裡毛毛，佫卡可怕的是，杜文勇轉去慘死的陰影猶佇咧。1985 年許青峯阿公過身，伊家己身列烏名單裡，無法度送阿公最後一程。

唔知這擺紐約台灣領事館官員的話是真是假，抑是另有陰謀？為著保險起見，拜託經理魏律順(Wilson)先生，安排一綴商務出張。一般商務簽證攏嘛是公司派人代辦，無咧約談申請者；例行公事，領事館一簽道是多年多次入境；紐約辦事處要求電話約談，結局，核准單次入境爾爾。按呢生，1988 年，佇離開台灣 21 年後，佫踏上故鄉的路，所看面貌全變；當年鄉村路頂有歸排歸排美麗的麻黃樹，即馬，攏已經無影無跡。

隔年 1989 年六月改用探親簽證，領事館佫是電話約談。

「許先生，今年紐約地區二二八紀念會，你敢是有上台演講？」約談者問。

「未記持矣。」青峯激唔知，其實伊受大會邀請，有上台演講。

「你機票敢訂好啦？是唔是寄來照會一下？」一般作業有時要求看機票。

「機票猶未訂，遮呢麻煩，按呢，免申請啦。」青峯事實已經定好機票。

「無啦，問一聲爾爾。」隨佫回一聲：「簽證及你的美國護照誠緊會送還你。」

收著護照，一看猶是單次入境。

這擺青峯主要是欲參加佇日本舉行的 1989 年「台灣文學研究會」年會，年會同時舉辦「台灣文學國際學術會議」，由張水景教授安排佇東京郊外的筑波大學召開，嘛欲邀請中國的台灣文學研究者參加，有人講這是向中國學者的一款反統戰。唔拘，彼年六月初四發生天安門事件，他中國學者驚甲唔敢來。八月初，青峯人已經佇日本，有人拍電話互青峯牽手林明珠。

「我是報社記者，請問，恁先生敢是去日本？」

「是咧。」

「是唔是欲參加台灣文學國際學術會議？」

「是咧。」

「猶有誰會去參加？」這時，林明珠聽會出來啦，這個人唔是記者。

因為舊年領事館辦事人員有拍電話來，口音相共，林明珠誠氣。

「你是記者，家己可以去查啊，我唔知半項。」隨掛斷電話。

自 1988、1989 年回台灣以後，許青峯年年回台灣，有時一年轉去兩擺，因為時常會去日本抑是韓國出張，順紲回台灣一禮拜。

來夠 1995 年左右，有一擺回鄉時，將一寡資料搬來美國，包括當年佇台灣寫的日記簿、集郵品、成績單、一寡批信。當時有發現有寡資料拍見去。

「集郵簿奈無去啦？」青峯問阿娘。

「去互松田仔偷提去賣啦。」阿娘輕輕仔應一句。

青峯感覺可惜，唔拘，亦無去追究。

1950 年代的台灣學生囡仔，無啥物娛樂，看電影以外，若是莊腳囡仔，道是家己變花樣，熱天掠金龜，縛線飛，掠蟋蟀仔相咬，釣魚，掠水蛙。以上，青峯攏耍過。若是有零星錢，是可以集郵。國民學校時，抾舊郵票，初中開始集新郵票，買外國郵票，特別是聯合國發行的郵票，嘛興集首日封，首日明信片。其中，印象上界深的是，台灣發行的風景明信片，參台灣花卉郵票。有 1958 年 3 月 20 發行的蘭花郵票，一組四張，有蝴蝶蘭、麗日蘭、石斛蘭、美齡蘭，青峯當然嘛有收集著。當年，蝴蝶蘭初次佇世界各地蘭展出現，轟動世界。這套蘭花郵票印甲足水，蝴蝶蘭郵票消失去，那像心肝去夆鑿一孔，鑿青峯這孔的佫是，自細漢作伙大漢、讀冊的叔伯小弟松田，發生佇青峯出國離開曾文寮的年代。

2000 年 3 月轉去參加總統大選投票，唯台灣轉來夠賓西匹茲堡郊外的嶺谷鄉，想著當年的資料。佇週末，將資料揣出來，發覺一套台灣彩色風景明信片嘛失蹤，敢是共款互松田順手牽羊？所致，只留落來一堆的首日封及首日明信片，這兩款比郵票卡無價吧？

這堆首日封及首日明信片足足有四英寸厚。頭一張是世界人權宣言十週年(1958 年十二月初十)紀念信封，頂頭銷過郵戳的，拄拄好道是 1958 年 3 月 20 發行的台灣蘭花郵票，青峯一時感覺誠歡喜，雖然集郵簿裡的蝴蝶蘭郵票消失，總是猶有這張信封頂的，佫是世界人權紀念信封頂，誠是寶貴呢！當然，想未夠，21 年後，發生美麗島事件，日期正正是世界人權紀念日，1979 年十二月初十。看著人權紀念首日封，青峯感慨濟濟。佫 21 年後，2000 年出現在野的民進黨取得政權，人權律師當選總統。有影，歷史的腳步有時是誠反諷。

人權紀念首日封裡的這張蝴蝶蘭郵票，有二欉生佇蛇木，總共 12 蕊白花，花心帶淡綠，蘭葉暗綠，優美裡帶一款台灣人的樸實善良，嘛帶一款恬恬的親和力。足足半世紀後，佇 2010 年 3 月台南的國際蘭花展，青峯重見蝴蝶蘭郵票呈現的這款台灣人親和樸實特質，無心機未防人的本質。

看著 1960 年 1 月 23 第六週年紀念的 123 自由日首日封，這是紀念 1954 年韓戰中共投降官兵選擇來台灣。唔拘，欲講自由，美國才有資格，道是來夠自由美國，青峯唔才有機會有資訊，了解台灣的真相。台灣佇 1960 年奈有啥物自由可講咧！台灣那是啥物自由中國！彼，是掛羊頭賣狗肉啦！猶是思想控制的年代嘛，少年青峯嘛是烏白捎，連即款亦咧集，佫是集有十張呢！

佫有 1960 年二月廿九的雷虎首日封，頂頭有雷虎郵票，嘛有空軍雷虎特技成員的簽名印章。您九位菱形編隊，邊緣左右各一位，中央是三位，中央參邊緣之間是左右各二位，中央頂頭道是當時的領隊羅化平。1954 年，空軍雷虎(Thunder Tigers)特技飛行小組成隊佇台南空軍機場。彼時，青峯滯佇南台南，離空軍基地足近，嘛捌爬上道路邊麻黃樹尾溜，觀看雷虎特技編隊飛行訓練。

雷虎之後，掀著 1959 年七月初八的第十次世界童子軍大露營紀念首日封。這，將青峯的記持牽挽夠 1958 年初二暑假，伊去參加全國大露營，準備隔年參加佇菲律賓舉行的世界大露營，結局去無成。青峯算算咧，世界童子軍首日封有十外張，遮濟封，大概是一款去無成的心理補償吧？

1960 年 5 月初九看著東西橫貫公路通車紀念首日戳明信片，想起 1963 年熱天七月尾，青峯參加救國團主辦的東西橫貫公路徒步旅行，時，廿歲，行踏過台灣心臟地帶，佇大禹嶺的鬼門關，拄著天落粉圓款冰雹，大開眼界。

共款 1960 年有艾森豪總統訪問台灣，佇六月十八，有發行明信片紀念郵戳，亦有首日封。自 1951 年韓戰以來，美國將台灣箍入去您的陣營，唯日本、台灣、菲律賓、澳大利亞圍成一條太平洋島鏈，封鎖中國。彼時青峯讀台南一中，高一下學期，攏嘛是反共愛國青年，美國總統來訪問，當然是誠痟熱，

共款 1960 年三月廿是郵政紀念日，收集全台灣風景郵戳一套，分別銷印佇 39 張明信片，包括四重溪、霧社、花蓮、太魯閣、知本、鵝鑾鼻、左營、高雄……等等所在。

這堆明信片裡，嘛有祝賀新年的無銷郵戳的全新明信片。

揤來揤去，看著一張銷過郵戳的明信片，唔是首日明信片，附圖是這張明信片。

這是一張請帖明信片，寄帖的人，那像咧填表按呢，填入日期、時間、邀請者、人客姓名、地點。

主人「林朝清」，請「許松天」食桌。

郵戳日期是 1957 年 4 月廿七。青峯推算來，1957 年，松天阿兄已經佇鄉公所咧上班，青峯讀初一下學期。

奇怪，許松天這張 1957 年請帖明信片奈會夾佇這堆首日明信片堆裡？

1967 年 8 月許青峯出國，烏名單擋路，長長 21 冬後，1988 年才初次回台灣。佇 21 年中間，有人將許松天這張明信片插入首日明信片堆裡，這是誰？

阿娘有講起郵票是互松天小弟松田偷提去，賣互集郵商。若是按呢，可能是松田將歸堆的首日明信片參集郵簿作伙搬去他厝，首日明信片及首日封無啥價，送轉來時濫著許松天的明信片。問題是，誰將這張許松天明信片插入來的？松天？松田？抑是，另有第三者？

國曆 五月 四日 星期日 下午 六時

敬備 菲筵 恭候 許松天先生

台 光 林朝清謹訂

地點：渡仔頭村自宅

1967 年離別故鄉曾文寮的時，許青峯是將集郵簿、首日封、首日明信片參一堆日記簿攏囥入書桌仔，鎖作伙。即馬，許青峯難免會想，敢是真正目的是針對日記簿來？郵票、首日明信片攏是意外的收穫。但是，衝著日記簿來，為啥物？好奇？

這時，青峯突然想起，佇 1988 年 8 月，初次回台灣時，踏入家門的隔轉工，道隨有警員來夠厝裡。當時，警員解釋是拄好出來莊裡，順紲越來的；當時，叔伯兄哥許松天嘛佇埕斗裡話仙。

佇 1993 年秋天轉夠台灣，新聞報導陳重杉競選台南縣長，藍興旺作伊的競選總幹事，彼時，參叔伯兄哥松天話起這場選舉。

「看來對陳重杉選情不利。」松天講。

「按怎講？」青峯聽無。

「藍興旺炸傷省主席，是恐怖份子。」聽出松天伊偎國民黨立場。

「噢，是哄。聽講，當年八大情治單位攏投入調查，敢有影？」

「是啊，連村里幹事嘛受命攏動員調查。」松天無意中漏出這句話，隨換話題。

村里幹事的空課本誠道是無所不包，濟甲那牛毛。松天是國民黨員，免不了，有時嘛作情治偵防吧？

所以，松天受命調查青峯的背景，敢唔是？

日記簿當然是誠重要的資料啊！敢唔是？

抑是，這只是青峯家己神經過敏，離譜的指控？

大概，為著情治調查郵包爆炸案，當年松田受松天差押，將青峯的資料全部提去。調查了，將日記簿及首日封參首日明信片送轉來，連松天伊家己的明信片濫作伙搬來還；塵封三十外年，即馬起來見證一段無人知的白色恐怖，連親情嘛超越的恐怖；敢若是守黨性，道無人性親情？想未夠，佇島內，身邊的親友煞是白色恐怖的執行人員。國民黨情治運作那天羅地網。多年的陰影，國民黨的情治調查，這聲證實。差別是過去是朝向美國的校園間諜，對島內的情控，伊許青峯卻是攏唔捌想起，佫是家己宗族的叔伯兄哥，疼痛伊的叔伯兄哥松天。

懷疑罔懷疑，對叔伯兄哥松天的指控，只是推測，其實並無確實的證據。

佇 2000 年，揤著許松天請帖明信片以來，佫過十一年，上班日子過甲無痕無跡。

青峯工程生涯來夠一個坎站，佇西屋公司服務已經 37 冬半，2011 年七月初一退休落來。閒閒裡，整理文件檔案，揤著少年時代的日記簿，有九本。退休啦，美國時間誠濟，一本一本一頁一頁掀來，穩穩仔讀。

第一日拄好是美國獨立紀念日， 1958 年七月初四；拄開始，佇提要欄裡，寫「朋友請勿看日記？」特大字，是用疑問號收尾，大概唔敢相信將來無人偷看吧？

這日抄錄一位作家的文章：〈有關寫作漫談之四，談靈感。〉這篇登佇《台南縣青年雜誌》裡。

這時暑假，青峯讀完初二。

烏名單的許青峯，翻頭轉來看當年的日記，一路讀過來，誠是鹹酸甜，誠是滄海桑田，誠是天崩地裂。

七月初十記著：「稻仔田巡水路，感受著農村油綠綠，朝霞晚照美景。」

七月十二記著：「將來想去美國留學，所以，趁暑假好好自修英文。」

七月十四記著：「作人著愛有忍耐的涵養……人人若肯忍耐，世界道永遠無戰爭。」

青峯看著頂頭這句，感受少年時嘛誠天真。

八月廿三記著：「台海戰爭爆發，金門大砲戰，戰甲烏天暗地！」

七月廿四記著：「參加灣裡糖廠 1958–59 年種蔗契約大會，有蔗友六百名來，青峯代表厝裡參與。台糖宣傳種甘蔗利益大，比種其他作物佫卡好！台糖是目前台灣生命之源，台糖產量提高，台灣就安定。所致，為著國家，蔗友參糖廠著愛密切合作，共同為著反共抗俄而奮鬥！」

看夠遮，青峯想起，來夠美洲讀書，開始捙史冊，親像 1920 年代的《台灣民報》，才知影日本帝國製糖會社的剝削，蔗農講：「第一憨，種甘蔗互會社磅！」啊，戰後，國民黨外來政權接收日本糖業公司，變作台糖公司，少年青峯參台糖徛共條陣線。這亦難怪，因為，許青峯中學時代成績好，年年得著蔗農子弟獎學金。

八月廿九是舊曆七月十五中元普渡，日記寫著：「社會普徧散赤，唔拘，普渡拜拜浪費，猶是省落來，勞軍，支援金馬戰士卡實在。」

九月初三，金門砲戰二禮拜，日記裡出現以下話語：

同胞們！我們來自嶺南打回嶺南去。

我們來自長江流域打回大好江南去。

我們來自平津打回華北去。

那一個人不想家鄉，讓我們反攻，反攻，堅強的反攻回去。

有錢出錢，有力出力，軍民同胞一條心，齊心合力打回大陸去。

青峯愈看愈生疏，十五歲的伊，拄欲升初三，是一個忠黨愛國的青少年呢！青峯第一名考入灣裡初中，年年是第一名，標準的黨國教育出來的優等生，一匹白布任黨國染。所致，亦是必然按呢吧？

正是，中國意識的狂熱，鼓舞青峯隨時咧注意中國的資訊；佇美國第一學期，1967 年秋天，佇賓州中部露意堡的一間大學，伊踅大學書局時，看著一本 *Red Star over China*，讀落去，誠趣味；1936 年美國記者 Snow 訪問毛匪政權頭人毛澤東，有關中國失去的領土，伊講：「阮熱烈支持朝鮮民族唯日本帝國主義解放出來，獨立建國，這點共款適用佇台灣民族。」

讀著這段毛匪的言論，24 歲的許青峯人險腦沖血。因為，這款講法參台灣黨國教育是嶄然 180 度相反，誠是矛盾。嘛因為這款那禪宗的棒喊！青峯的黨國思想開始崩山。

一年後，1968 年秋天，唯水牛城大學書局，買著一本 George Kerr 的 *Formosa Betrayed*。這是，當年美國台北領事館副領事喬治科俄寫的；伊第一手的 1947 年台灣二二八事件的詳細記錄。這本冊親像潘度拉的蓋夆掀開來，證實了，細漢時囡仔人有耳無嘴，所聽著的一寡慘案片段，今，青峯思想開竅！

後來，1969 年開始讀著日本台獨刊物《台灣青年》、《獨立台灣》。佇 1970 年代初，開始研究社會主義，看台灣左派的台灣民族革命論，他發行的《台灣人民》、《台灣革命》、《台灣時代》等等刊物，各地走各地主持讀書會。有人唯加拿大來水牛城，咧招兵買馬免費訪問中國，青峯誠自然拒絕中共這款統戰。當然，有寡台灣留學生接受統戰，上北京朝拜，親像保釣運動裡的陳恆次、費花雄等等。當時，許青峯參統派針來針去，用他社會主義的「矛」拄他社會主義的「盾」，善用矛盾論捍衛台灣民族革命論，其中一項就是點出 1936 年毛澤東的支持台灣民族獨立解放。遮的活動攏佇水牛城展開，彼時青峯猶咧修博士學位。

九月初六，日記寫：「參許松田互相換郵票，足歡喜，各取所愛的。」

九月十三，日記寫：「集郵是高尚的娛樂，唔拘，唔好傷過綿精。」

九月廿二，日記寫：「中晝收著『中國的空軍雜誌社』獎學金二百箍。」

九月廿八，日記寫：「開 180 箍買郵票，遮的郵票將來會漲價，唔好脫手。」

青峯看甲迷迷，雖然有獎學金，嘛歹了解少年青峯按呢開錢。會記得，阿媽捌罵囡仔唔讀冊：「那像用錢揮水波！」少年青峯集郵是另類的錢揮水波吧！

十月初一日記有一條談集郵：「每個人攏有伊家己特有的興趣，差不多每個人攏興集郵，這是一款高尚的娛樂。」

十一月廿二日記走出一則記載：「集郵雖然好，莫為集郵誤一生。」

有影，集郵是有錢人的娛樂，青峯即馬按呢想！啊，當年唔知用偌濟錢開佇郵票頂頭；啊，今，攏烏有去啦！互松田賣去祭五臟廟啦！當初，松田若是將集郵簿參首日明信片及首日封作伙提互松天過目，松天應該會阻擋松田賣郵票簿吧？

集郵之外，另一件是童子軍，少年青峯日記一再提著 1959 年欲佇菲律賓舉行的世界童子軍大露營，為著想欲去，講著怎樣儉錢、趁錢，買獎券中獎嘛是數想之一。彼款狂熱會燒透字紙。掀仔掀，掀夠十月廿七的日記，才知影其來有源，這工日記回頭追述八月裡的一段美好的全國大露營，唯日記裡照搬如下：

八月初八上午，阮灣裡中學團隊來夠桃園大溪西爿的相思林山，偎齋明寺的茶園營地，逐家合齊搭布帆，營地緊緊完成，下晡正式開始露營生活。林間風景美麗，暝時有一點仔涼冷。阮參加各種比賽，手工藝訓練，及專科考驗。獨角瞭望台搭建項目，阮得著第一梯次的冠軍，全營隊的亞軍，誠光榮。離開林間四工的生活，去夠水上區，耍汽艇，泅水，釣魚。天熱，逐家攏曝甲烏銑烏銑。水上二工後，深入角板山營地一工，騎馬，射箭，實彈射擊，佇遐拄著純樸的阿泰爺族人。

青峯讀夠遮，頭殼隨浮起來五十年前的山林溪水吊橋影像，獨角瞭望台頂得意姿勢。會記著，當時有集大露營齋明寺臨時郵局郵戳明信片。

時序來夠 1959 年，初三下學期。

三月初十記著：「佇來春的房間一堆人咧跋繳，嘛參人跋，結局將代收班上同學的客運月票費六十箍也輸甲光光，只好向阿娘討錢，阿娘誠無歡喜。」

看著這則日記，想起莊腳民風好跋繳，二九暝跋，過年正月初一跋，歸年透冬嘛不時跋。青峯嘛免不了，初中跋，高中嘛跋。後來，離開莊頭夠台北讀大學，才改掉歹習慣。佇水牛城讀研究所時，有想著欲改變莊頭學生囡仔這點歹習慣，佇 1969 年，青峯寫批寄錢互叔伯兄哥許松天，拜託伊設一個曾文寮學生獎學金，其中一項條件：無跋繳。當時，松天回批呵咾青峯。

七月卅一寫著：「灣裡中學老師濟濟希望我接受保送，留本校，讀高中部，童子軍李宜中外省老師獨排眾議，叫我讀台南一中，著愛為家己將來拍算。」

八月初一寫著：「松天阿兄叫我著請您，因為考著台南一中。我笑講恭喜的紅包先提來。」

八月初五寫著：「唯台南回夠曾文寮，佇街仔買一寡餅及麵包，請松天、松田、青寶大兄及惠美姊，了一個心願，感謝您恭喜我考著台南一中。」

九月十七寫著：「導師王瑞英國文老師，她講高一比較卡輕鬆，著愛將國文基礎拍互栽。實在幸運聽著即款寶貴的話。」

青峯誠愛文學，訂足濟雜誌，《台南縣青年》、《台南市青年》、海軍發行的《海洋生活》、《空軍雜誌》等等，攏有藝文版面；興看報紙副刊、中國古典小說、現代小說，日記定定出現欲寫小說的想法。所致，在外省老師王瑞英的開破之下，青峯勤讀，總共有：哥德名著《少年維特之煩惱》、蘇雪林的散文《綠天》、郭嗣汾的小說《夜歸》、高陽的小說《霏霏》、艾雯的散文集《漁港書簡》、謝冰瑩的小說《碧瑤之戀》、海明威的小說《戰地春夢》……等等有十外本書，攏有寫讀書報告，嘛有王瑞英老師的批註。

有關《戰地春夢》，當時日記有以下幾筆：

作者將兩個平凡的角色：美國青年亨利，英國護士凱莎玲，參加第一次世界大戰，投入義大利戰場的醫護隊，寫成一抱哀怨動人的故事。作者文筆誠含蓄，尾段足緊張的場面，簡略幾筆，簡潔窗明。大概是作者希望讀者家己深思，但是，像我生活經驗少，構想力差，佫貧惰深思細想，有時讀來感覺太含糊。

青峯想著彼時高一的伊，1959 年秋天，伊十六歲，有這款見解嘛是足無簡單。數十年後，知影海明威這款筆法是一款「省略理論；冰山理論」。寫作含蓄，深而不露，佇描寫文中，用影射來傳達問題的縱深度；啥款的說明抑是段落可以刪除，猶保存您的核心旨意。這，道是冰山理論。

看著遮的日記文，寫閱讀文學作品的心得報告，青峯想起松天。松天雖然家己讀農業工程，唔拘，松天看會出青峯誠愛文學，不時鼓勵青峯可以順著興趣行。

1960 年春天尾，佇高一下學期暑假前，王瑞英國文老師揣青峯去辦公室，鼓勵伊繼續發展文學的興趣，青峯當時心有所動。不而過，當時歸個社會的氛圍是：讀理工科、醫科，將來職業卡好揣。厝裡，包括阿公，逐家攏講，讀醫上界好，不而過，青峯對醫生無啥物興趣。

後來，高二上學期尾，1961 年正月初二寫著：「我誠希望家己有寫小說的能力，做作家的滋味。唔拘，我猶是讀理工卡實在。」

高二寒假中，1961 年二月初八寫著：「將來聯考填志願的傾向，順序如下：台大土木、機械；成大土木、建築、水利；台大地質、氣象、植物、農工；成大機械、化工……」

二月十二記著：「大學生誠濟畢業出國留學，我嘛按呢想，日記用英文來寫，是練英文的好辦法。」

雖然欲考理工，對文學的熱情猶原在，三月初八日記留落來這句話：「文學的彈性比科學強，或者研究文學是卡有價值。」

事實上，青峯咧練寫小說，寫散文。四月廿八寫著：「投一篇散文，佇《台南市青年》的『學府風光』欄刊登出來啦！」

五月廿四寫著：「雷虎小組訪問本校，有一場籃球友誼賽，雷虎手下留情，校隊才無大輸。雷虎成員飛行特技出神入化，唔拘，面貌參一般人並無大差別，卻是，領隊長羅化平是緣投仔桑！」

高二階段無記著叔伯兄哥松天的消息，因為松天去做兵，是傘兵。您捌佇西港仔跳落曾文溪操演，重裝備泅水上岸；嘛捌佇玉井山坡地跳傘攻山頭。這是松天過年放假回曾文寮，講互逐家聽的。有一擺傘兵隊友佇關廟厝裡請客，許松天食著一款那雞腸的料理，味誠讚。食飽伊問隊友，才知影是肚蚓仔，害伊強欲吐出來！

高二暑假看小說讀散文。八月初三記著：「開始讀鍾素琴的《小婦人日記》」。日記裡有抄錄作者水水的文筆：

也愛也歹勢！
也愛也歹勢！
參伊睏作伙，

手輕輕摸過來，
欲鬆咱尼龍鴛鴦扣。

誠實歹勢！
誠實歹勢！
代誌夠遮來，
無路退，
任伊剝咱內褲，
半推亦半就。

按呢抄新婚花燭夜的性愛，透露著查甫囡仔青峯想欲見春光的慾望。

八月初四記著：「佇經緯書局買一本精裝本的《徐志摩全集》。」

八月初六日記寫著：「談人的慾望。」以「物質開發」相對「精神生活」；用「好」相對「霉」來論述。這款「矛」相對「盾」的筆法分析。青峯看甲足心適，看未出十七歲的伊，竟然有初步「矛盾論」的了解。

看著遮，想起佇水牛城時，時常過境去加拿大的多倫多，佇中國城的長城書店買社會主義的冊，其中道有毛澤東的《矛盾論》。

八月初九記：「日月潭教師會館起館的動機，是為大官虎、立法委員建別墅……傳說周尚岡省主席，年初訪問美國，安排青幫暗殺一個搞台獨的嘉義大林留學生……華航的翠華號噴射客機是欲用來逃亡用的。」

八月十二記：「教育界烏煙瘴氣，校長收教員紅包，無紅包無聘書，南一中嘛共款，校長臭名聲。」

八月廿三記：「向一位外省老人，學太極拳，健身。」

九月初二記：「人一直肥，一直肥；目珠變成一條巡。」

十月廿七記：「早起，騎腳踏車去仁德釣魚。初初騎，隨摔落來。勉強騎起哩，騎二公里夠仁德，欲停車，人煞無法度落車，人車摒倒。騎轉來，緊揣醫生診斷，查無各樣。黃昏佫摔一倒，醫生建議去物理治療所，查出來：類似小兒麻痺症，電療針刺，燒水浴。」

物理治療足足一禮拜，才回復，轉去學校上課。自按呢來，身体處處無爽快，虛弱頭眩目暗，醫生揣透透，西藥食，漢藥嘛拆來煎。總是無啥起色，高三道病中拖過。

日記只寫夠騎車摔倒的隔轉工，十月廿八。高三以後的日子，日記一遍空白。

青峯日記看夠遮，回想起來，只知影，大學聯考以後，伊去關仔嶺靜養，滯佇碧雲寺有欲一個月。佇聯考放榜彼工的早起，才佇風雨中落山，坐客運夠新營，搬火車坐夠台南，佇驛頭前的「中華日報」看大字榜，看歸晡，才看著榜上有名，是台大機械系。高三病裡渡過，猶有法度考上第二志願台大機械工程，誠是奇蹟。另外阿水仔考上台大法律系，曾文寮的學生考著台大，這是頭一層。

叔伯兄哥松天嘛佇軍中聽著青峯的好消息，隨寫一張明信片，向青峯恭喜。

大學考著啦，不而過，猶是咧揣醫生看病，最後揣夠仁德清風莊病院的心臟科醫師王文德。青峯考慮申請休學，王醫師建議猶是去讀，夠時若未堪得，才辦休學。九月上台北入學，大一期間，定期去台大附設病院檢查。

1962 年九月廿七寫著：「早起趕夠台大附設病院，複診心臟肥大症。」

十月初七寫著：「初八著愛往台大病院看血清檢查報告。」

大一道佇有病的陰影裡渡過去。

一向愛文學的青峯，佇青春期，性是一款揮之不去的困擾。

1963 年，大一下學期，四月初五記一筆：「來夠圖書館的期刊閱覽室，看雜誌，有一篇〈異國的惆悵〉，寫男女留學生暑期拍工，針對性衝動的處理。」日記有抄作者一段描寫如下：

男已婚，女年輕單身，拍工生活，日夜相處慾火烈，勉強壓咧。離別前夜，駛車出遊，車停軟草埔，相攬，女激動，緊欲那火燒，已婚男知機。穩穩仔洋裝鈕仔敨開，手伸入，摸胸，輕輕咧搓奶溝，一手夠胛脊，鬆開奶罩暗扣，來回輕輕仔搓奶，奶頭按佇手掌，來回那咧搓冬至圓，她歸身軀直直顫，發聲尹尹尹尹；紲落去，男手掌穩穩仔溫溫仔趖夠水草墘，查甫有所節，唔好燒落溝，女伴嘛有夠額。淺淺試滋味，有夠有夠，美好記持各人留，一南一北千里各奔前程。

當日日記按呢收尾：「唔捌摸過查某囡仔，看人描寫安貼性飢餓，早慢恐驚會掠狂。」

有影，兩個月後，佇五月初六日記留落來「女性的疑難數學」：

雙峯對稱曲線玲瓏，夠今，代數，解析幾何，微積分，攏解無步；雙股交會半月處，水草沙洲鼓鼓，比起「一角之等分」佫卡歹解；有影，女体數學難題，解無步。憑空想像，當然解無步，先實習，第一步爬山，第二步攬起來，第三步嘜搓動，累積相當的數據；紲落來，第四步才來作數學家，嘛才有可能解析上帝的傑作。

大一下學期，道是 1963 年春天，五月十七日記有寫著：「三民主義課程誠有意思，教授專講：『西洋政治思想史』，紹介各家各派的學說。受益濟濟。」

六月十三記：「三民主義獎學金徵文比賽已經發表，獎金一千，可惜，我只差一分無著獎。」

看夠遮，青峯想起當年大學聯考，三民主義考 90 分，國文考 88 分。所以，唔才有法度考上台大工學院。這，著愛感謝當年高一班導師兼國文老師王瑞英，拍落來的國文及作文基礎。

六月廿記著：「往台大病院參醫師會談，結果是，胸腔電光線影像看來正常，無左心肥大症，收縮血壓 126 並無高，心電圖顯示無心臟問題。醫師吩咐：每日正常生活，多多運動，每個月量一擺血壓。」青峯誠歡喜，決定欲去參加救國團辦的暑期東西横貫公路的徒步旅行。

七月初二記著：「厝裡寄來的一張滙票六百箍，是松天幫忙寄來的。松天講伊兵役結束，轉去灣裡鄉公所上班，主要代誌是村里幹事。批裡佫寫：『歡喜知影你身体回復康健，祝你美好的徒步旅行。』」

七月廿六唯霧社開始，五工後，行夠天祥結束，沿途收集每站臨時郵局紀念戳明信片。

升大二，十月廿七寫著：「再度準備三民主義徵文比賽，先欲請教『國際現勢』這門課的教授，按呢才有現實感，嘛言之有物。」

十一月廿五寫著：「上過課，計算尺留佇教室，拍見去，心情足霉。貼公告，請好心的人送回。」

十一月廿六寫著：「為了買計算尺，想起一個嗣步，繼續寫稿，趁錢。」

十一月廿七寫著：「有人來傳話，講土木系某某人抾著計算尺。暗時十點半赴約去信義學舍交涉，最後付款一百四十箍，才提轉來計算尺，誠唔甘。」

十一月廿八記著：「寫稿浪費誠濟時間，佫是攏無啥收穫，勿佫寫啦，何必為著一百外箍，影响學業，微積分道考甲綿綿冒冒。」

十二月初三記著：「有朋友來宿舍揣我，講起抾著計算尺的，是一位『德智体群』獎學金的得獎人。寫一張批互這位抾計算尺的高材生。」

十二月初五記著：「這位高材生親身來夠宿舍，主要是欲知影，我後步棋欲按怎行？兩方心戰，一來一往，無交集。欲走，伊佫問：『你欲作啥款處理？』我講：『著愛看你家己咯。』德智体群獎學金得獎人，抾計算尺佫大開嘴提一百四十箍，我想伊知影按怎行棋。」

十二月初六記著：「抾計算尺的，派人來請我去談判，拒絕。」

十二月十四寫著：「寫一張批互德智体群的抾計算尺的高材生，互伊知影代誌猶未結案呢。」

十二月廿二有一筆：「決定參加三民主義論文比賽。」

1964 年一月初八記著：「〈初次情人〉佇《大學新聞》刊出來啦。以計算尺作情人，寫出心內的感觸，投出足足等一個月。同學逐家攏來恭喜，死忠換帖好友蔡來福等等敲我一頓暗頓。」

一月初九記著：「這位德智体群得獎人中晝託人來約，希望見面談，無答應。下晡另外一位說客來，不動如山。遺失計算尺夠今，總共寫過二張批兼一篇散文〈初次情人〉，第一封恭賀伊聖誕快樂及得著德智体群獎學金。當暗十點，第三位使者來夠，送還一百四十箍。」

一月初十記著：「上街選一本小說《簡愛》，這是一抱寫人的『尊嚴及愛』的小說，郵寄互抾尺者，附一張批文，感謝伊的善行。夠遮，計算尺事件完滿結案。」

二月初一記著：「來福的阿姊，伊的無緣的情人，誠欣賞〈初次情人〉，講我一定有女朋友，若無，奈有法度寫甲遮呢深情？將計算尺的一綴一綴的條紋，化成姑娘仔柔柔柔的水頭毛，摸咧摸咧，深思細寫情綿綿。」

二月廿七記著：「《新生報》登出〈二月的農村〉。」

三月十一記著：「松天阿兄來批，附一張征集令。一看，驚一趒。早道辦過緩征手續。由訓導處簽註：『查南縣政府三號令副本核准緩征在案，該生在學中，請查核辦理。』緊寄回，請松天阿兄處理。伊是村里幹事，交互伊辦，我放心。」

四月十一記著：「1964 年 4 月 11 是我 21 歲生日，舊年蔡來福參施純友請我食麵過生日。今年，來福送我一對袖扣，一生初次有人送我生日禮物。」

看著這則日記，青峯誠懷念這個知己，當年的生日紀念品猶佇青峯身邊，有詩見證。

〈一對袖扣〉

銀盒仔裡冗一對蜂蜜款驚喜
恁雙雙跳出來恒恒直扣落
衫之袖尾仔溜

心肝窟仔存彼對黃柑款驚喜
您綿綿數十年扣扣竟然是
叩未通天及地

1981 年，蔡來福佇美國國會為戰友杜文勇作證，控訴不公不義的政權謀殺 31 歲的杜文勇，將大体揮佇您母校台大校園。14 年後，蔡來福 51 歲壯年，在台灣獨立聯盟美國本部主席任內往生；許青峯念祭文送這位知己、戰友、阿姆的心肝仔囝，來福仔留落來三代不了情！

1966 年大四下學期，四月卅記著：「是怎樣？大學生一批一批往外留學，一去無回頭！」

看著這則日記，佇美洲已經四十外年的青峯，誠感慨；1960 年代以來，台灣留美學生超過四十萬人；替美國免費培養一流人才，這真正是烏魯木齊的教育政策！

日記一路讀過來，心情誠是鹹酸甜，思想誠是滄海桑田，人生誠是天崩地裂。

青峯想起當年遐呢仔愛文學，煞選理工科，無讀人文科系。

青峯遙想王瑞英國文老師及松天阿兄，您鼓勵文學這條路，竟然無聽入去；啊，阿兄松天，佇 2010 春節正月初二，心臟病發作往生，夠今每若想著，青峯人猶誠感傷。

青峯翻頭看，一百年來，台灣人攏傾向理工科，欠缺人文思維。致使，拄著拓寬大路，煞將故都美麗的百年鳳凰樹，歸排剉甲光光光，你死我活。所以，1992 年班師回台的海外台獨聯盟，年年墜入選舉運動陷阱，無人文無文化的運動，組織怎仔嘛萎微落去，消瘦落魄。所致，尖端科技董事長只看著金錢，將重金屬廢水倒入打狗溪，溪邊大遍的農田及溪口的海產，煞是毒死了了，獲利一時，遺害百年，日月無光。

翻頭看彼段計算尺遺失，對處理過程，青峯做一個理工人有歡喜有驕傲。用三張批，內底有細膩人文思考；用一篇散文〈初次情人〉，將計算尺化身成情人筆法，打動人；情理法三度思維空間的立体觀，帶來雙方美好的結尾。

人文的角度，引導青峯斬斷中國意識的鎖鍊，翻身發現故鄉台灣，了解她的前世今生，伊的坎坷歷史；唯斯諾的 *Red Star over China*，看著台灣民族，唯科俄的 *Formosa Betrayed*，看著二二八的真相；所致覺醒，潦落台灣民族解放運動，互國民黨爪耙仔校園間諜拍入烏名單。

唯沈思裡回過神來，唯 1966 年 4 月卅教育批評彼頁日記，掀過來。

噢！看著一張書簽，提起來詳細看，是一張明信片，一面是「恭賀新禧」四大字，另外一面郵戳 1958 年，收批者：許松天。

許青峯驚醒：「啊！松天阿兄將日記一路看透透！」

簡單的明信片，有時誠無簡單；1976 年許青池彼張誠有文章，1957 年許松天請帖文彼張嘛是，1958 年許松天賀年彼張煞火山爆炸；佇天崩地裂裡，許青峯回魂來………

——2014.1.12 寫佇茉里鄉

2014.4《台文戰線》第 34 號

聽著哮聲

近黃昏，伊一入房間來，將我偃落眠床裡；伊一身熱火火，聽著我的哮聲，煞隨冷冷去；伊男根碇酷酷，看著我的目屎，嘛煞隨軟軟去。

1971 年春來四月初，這日拜五，欲黃昏，阮佇客廳咧開講，Jenny 提起她盈暗有約會，Judy 欲去欣賞水牛城交響樂團演奏會，我周玲嬌歸禮拜趕報告，人忝，想欲補眠。

話仙中，聽著有人揤電鈴，周蒂起來開門，一看是東方男子孔石松，室友知影是我的男朋友。

“Where have you been? Stone Pine.” 周蒂用石松的英文外名問起。石松差不多日日出現佇這棟厝，但是過去一禮拜無伊的影，所致，周蒂按呢生問。

“I was busy and Smarty, too. So I didn’t come.” 美國厝友叫我玲嬌 Smarty，石松嘛按呢叫。石松這句回話，其實，應該另有苦衷吧？

石松失神，無注意著珍妮的存在，煞連拍招呼嘛無。看著我玲嬌，道揪著我的手，唯胖椅拖起來，紲咧手掌著我的腰身，手股貼胛脊胼，那咧揀行李，將我揀往樓梯，押上二樓我的房間。雖然唔是強，但是意志堅定，目神一款佔有感。一入房，將我押上眠床，長褲互伊褪掉，內底褲嘛唯我大腿失踪去。然後，伊褪去家己長褲參內底褲，一身人道掚落來，欲參我孔榫運動，連暖身道無作，雄狂狂，男根香火一枝展甲碇酷酷，插夠香爐裡來，我煞目屎輾落來，煞哮出來。

舊年九月下旬夠今，參石松熟悉約有半年，阮行甲熱熱熱，早道超過男女授受不親的階段；卿心本道歸靠伊，卿本道有意嫁伊人。

我周玲嬌參蔡宗仁本是大學生物系同窗，1970 年八月中，來夠北美洲紐約州立水牛城大學，我改攻生物化學。佇大學時代，達爾文的進化論：「物競天擇，適者生存」，深深刻佇我頭殼底裡。佇生物生存裡，化學可能扮演誠重要的角色，特別是對性的影響。物種求生存，親像蟬蛹一唯土底鑽出來，脫殼成蟬，公蟬拼命發聲鳴唱，頻頻催春情之歌，為著出土後二禮拜短短的時間裡完成傳宗接代。公孔雀一身雄麗大跳求情舞，母孔雀互伊晟偎去，性是生物的本能，甚至公蜘蛛拼命揣愛做愛，紲落明知會互母蜘蛛食落腹，嘛願意為囝孫的生存獻身。遮，一切攏是化學起作用吧？

八月下旬開學，無偌久，漸漸感覺人孤單。佇台灣，有爸母兄弟姊妹親成五十遮的生活支撐網，夆有安全感；佇美國，異國他鄉茫茫空虛直直罩落來。我修四門課，總共十六學分，有的課目教授指定愛寫每週報告，當然是用英文寫，所以誠食力，有時拼甲半暝。有一改，無閒咧趕報告，佫拄著每個月定期的好朋友來，彼，人是足忝足煩。這時，誠希望有人安慰貼心肝。唔知查甫囡仔留學生是按怎過咧？但是，對一個查某囡仔來講，佇北美洲欲生存，單單靠家己一身人是處境艱難。

室友周蒂參珍妮兩位攏是大學部的，年紀比我少三四歲，卻是您攏誠照顧我這個孤單的查某囡仔。您兩人攏有男朋友，有時男朋友嘛會來過暝，看佇眼內，一方面感覺一款文化燒坷，您美國文化煞遮呢仔開放，一方面佫卡孤單掩坎過來。九月上旬，有一暝，阮三個拄好攏無出去，咧開講。

“Smarty, do you have boy friends?” 周蒂問。

“I never have as I never date.” 我老實講。

“It is really strange! ” 珍妮掣一趒。

「美國查某囡仔來大學，有一大半時間是咧揣一位將來的翁婿。」周蒂講。

「大學是揣翁婿上好的所在。」珍妮接過去講。

難怪，您會容允查甫囡仔來過暝，可是美國式的相親吧？咱台灣相親是奉茶、食甜、目珠相嘐，您美國仔是直接肌肉拄肌肉咧孔榫相親，試看覓，有合無？誠是美國文化震撼教育第一課，生物進化來自後天環境的刺激，有道理。

這學期上一門微分進化論，參積分進化論拄好相反。基本上，達爾文的進化論是積分進化，強調生物形態及機能改變經過足濟足濟世代才完成的，無法度隔一代道起變化。微分進化論咧探討隔代道變化的現象，教授舉南美洲外海佇太平洋上的 Galápagos 群島的五穀鳥仔作例。1835 年達爾文採集這款鳥仔，達爾文的當代學者發現全由一款祖先佇 Galápagos 群島演變出來，攏總演化至十五種類，道是有名的達爾文五穀鳥(Darwin’s Finches)，啟發達爾文的物競天擇的進化論。二十世紀中葉以來，微分進化論學者年年佇 Galápagos 群島研究達爾文五穀鳥，發現您的嘴形受著島上環境起變化，親像爸母世代因為欠雨水五穀失收，有的枵餓死亡。所致，受著爸母骨頭某一種蛋白質及某一種基因的分子構造改變，遮的改變出現佇精子及卵裡。所致，生出下代囝兒隨作出調整，嘴針改成粗濶，好啄破任何款的五穀；若是雨水足，五穀豐富，隔代嘴針變成長尖，可輕可揣好啄的，道有夠通食飽。所以嘴針形狀隨著環境隨時隔代調整，這道是微分進化論，這是十九世紀初達爾文所看無著的所在。而且微分改變是雙向的，道是改變可以翻頭唯尖嘴變轉去粗嘴，抑是倒反，達爾文的積分進化論是單方向的，一改無回頭的。

人嘛是生物，人的改變，包括形体及行為，敢嘛有微分進化的成分吧？當時，我有問過教授 Smith 博士，伊的回答是：「應該是有可能，雖然猶無人針對人類作這方面的研究；微分進化應該嘛是人類求生之道啊！」所以，咱人的求生行為應該是有可能短短的時間內，發生急變吧？

佇這時間點裡，其實蔡宗仁及伊牽手黃美惠攏看出來矣，我芳心無伴。您將我玲嬌看作是家己的小妹，所致，紹介您大溪同鄉學長孔石松，石松早宗仁有五歲，石松咧讀博士學位，專攻機械工程。孔石松爸母是茶農。我可比是一個跋落水的人，連稻草嘛咧揪捎來求生。茫茫北美洲大海中，共款來自台灣的查甫囡仔留學生，可比是竹排仔，爬起哩可以活命。我有彼款欲活命求生的強烈感，所以，隨爬上竹排仔，參石松撐渡。

孔石松那撐渡伯也，人誠好參商。伊有一台車可以載我出出入入，去買菜洗衫看電影，去作我玲嬌欲作的任何代誌，好心甲那隨時可以差叫。伊身高 168 公分，中扮仔，面帶笑意，博士資格考試已經通過，學分嘛修完，專門咧作博士論文的研究書寫。美國誠需要科技人才，所以，孔石松早道以科技人才方案，以獎學金作財務保證生活無問題，申請著永久居留權，所謂的綠卡。將來揣頭路道參美國人共款，申請就業無啥物身分的問題。以上，攏是熟悉後，石松親身對我講的。

熟悉直欲有一個月，秋來滿天滿地染彩；秋葉變色，有黃有紅深淡不一；大地染成一幅過一幅的油畫，一幅一幅那像日本京都金閣寺飛來水牛城社區校園裡。

十月中旬的拜四黃昏，我穿一領米色衫，配一條深紫長裙，外搭一領深藍風衣，唯我徛佇 61 Allenhurst Road 租來的厝，免五分鐘道行夠校園前的長老教堂，教會徛佇水牛城主街(Main Street)參奈阿加拉瀑布大道(Niagara Falls Blvd)的三角窗，教堂參校園由主街隔開來。等候紅青燈時，欣賞教堂邊四五欉的紅楓有的紅甲那咧火燒，有的黃岩岩那咧滴蜂蜜汁。想著蜂蜜的芳味，腹肚開始枵起來，趕緊行入東南爿的校園，照例來夠健康科學學院的圖書館，佇無人的一角，我佔好唯一的冊桌仔，兩人座的。將今仔日上課筆記整理一下，紲咧準備後禮拜專題報告資料。無注意中，一雙手掩夠我目珠前，手有麻油芳味，我隨知影石松帶來阮兩人份的暗頓。

石松唯手揹袋仔裡提出兩個便當盒仔，拍開來，洋芥藍、芷皇帝豆炒牛肉，食來有麻油芳。牛肉切絲，滲豆油、麻油、九層塔粉、蒜頭粉，攪好，再摻蕃薯粉，撓互勻，再拌番麥油將所有調料封佇肉裡，囥咧半點鐘，落鼎炒好，再參已經炒好的兩項菜落鼎作伙慢火攪攪咧，分別裝入便當盒仔，然後囥煮熟的白米飯。這是石松向我說明的料理，好食的查甫囡仔料理，我已經享受即款石松料理，直欲有一個月矣。

阮兩人食甲津津有味。食煞，各人作家己的課業。過欲有三點鐘，已經是暗時十點，我人忝，倒佇石松的胸前；兩粒目珠春光將石松勾偎來，石松哸夠菱角嘴唇，舌撓舌，今暗特別津甜。

拄熟悉時第一擺約會，石松招我去 Albright-Knox Art Gallery，欣賞現代畫及當代畫，親像 Andy Warhol (1928–) 1960 年代的瑪麗蓮夢露一組一百張大頭像的相片絲印(Photo-Silkscreen)作品，石松誠欣賞機械連續性美感，或者震撼效應。這日，我穿一軀烏長洋裝，露一肩胛，頭毛坎夠前額；皮膚飽滇宛然瑪麗蓮夢露性感紅嘴唇，那熟透水蜜桃，吹彈會噴汁的甜度，我看出石松真想欲一嘴咬落去。我頭偎佇石松的肩胛頭，奶仔綿綿軟軟，兩粒奶頭漲漲，送著電波，電甲伊麻西麻西。看石松的眼神那像透露一款迷惑感，一種對女子身軀体態之迷。石松唔知洋裝內底是啥款的內容，我看伊的目神透露一款真想欲掀起來看覓咧的表情！唔拘，阮攏猶是純純的，博拉突款式的。猶會記持，美術館後去踅水牛城市區，石松特別掣我去一担有名的生蚌担仔，這是美國同學紹介的。活蚌現挖開，滲辣醬，我半哺半吞，誠生津，無輸生蚵，當然價數比蚵俗。轉來，石松選一條參主街平行的單向行車街路，唯市中心轉來校園區，這條路紅青燈經過調控，若是順著車流的固定速度，一路攏是青燈，免停，感覺誠趣味。石松佇水牛城是老鳥，像這款的齣頭伊攏知影，參伊出遊是誠心適。西方社交規矩，女士優先，替咱開車門、開大門等等，石松是禮數照步來。初次約會，彼暝，石松送我轉去徛居厝，互相淑女紳士，標準西方規矩，講一聲晚安爾爾。

第二擺約會，石松送我夠門，手攬著我的腰，將我貼咧門邊，相入我目珠，面偎過來，嘴唇輕輕仔貼夠我嘴唇裡，我緊張甲銅牆鐵壁，一排嘴齒擋甲恒擋擋，石松不得其門而入。這是我的初吻，真正是歹勢，無經無驗。

三日後，石松約我去拍保齡球，拍煞去邁當老啉咖啡，話仙，想著初吻。

「教歹囡仔大細。」我唸石松。

「我嘛誠緊張，因為初次唚查某囡仔。」石松坦白講。

「有影是處女、處男的第一次。」我紲咧講。

「半斤八兩，無輸無贏。」石松接過結論。

啉過咖啡，彼暝送我夠厝，石松第二擺唚時，我嘴唇小開，石松舌伸長直入，我人那像夆電著，奶仔小寡碇起來腫起來，電流直達夠夏娃伊意草裙邊珍珠港。第三擺唚有回應，兩粒舌那夏娃的蛇兩爿對趒，泅過去，游過來，生津煉丹，全身軀毛管孔麻麻酥酥。有影一回生疏，二回熟，三回出師，進步神速。性原來道是生物的本能之一，是生存根本之道，受著禮俗的束縛有時歹調整。但是，來夠異國他鄉，人生分地嘛無熟，若是有伴好相偎靠，敢唔是誠迫切的生物訴求？所致，阮的愛情佇北美洲遮呢緊咧進展，想來，嘛是求生的生理需要，理所當然吧？若是，人猶佇台灣，約會唔是常態，往往是靠相親，媒人婆仔牽成，一相二相三相，時間拖咧長長長，參北美洲台灣留學生的飛彈時速是不可比評吧？

十月中，同鄉會辦一場迎新晚會，我一身白色晚禮服，伊白衫，烏長褲，伊挽著我行上舞台，一款歡喜談笑的情人姿勢。佇舞台頂，我目珠勾向石松，一手搭伊肩胛，一手岸家己的腰，一款十七八歲少女思奶思奶的款勢。阮兩人合唱〈望春風〉，足有味。男聲圓潤，女聲溫柔含情，兩人扮演這首姑娘仔思春情歌，風迷全場同鄉。

阮兩人愈行愈深，漸漸進入夠甜蜜的階段，除了唚以外，佫有其他的戲齣。今暗，佇圖書館，石松手照例那龜趒夠我胛脊骿，欲敨開奶套，伊手摮一趒，外衫內底的胛脊光光，無半絲仔布，當然無奶套。

今冽，唔知是偌久進前，石松摸我的奶仔，笨手將奶套向腹肚下面摒落來，奶套猶是佇身軀頂，硬手，摸的人麻煩，夆摸的嘛是隔過隔過。後來，石松才知影奶套著愛唯胛脊放開。第一擺手摸夠胛脊，一片布條仔完完整整，摸歸晡，才發覺有暗扣，暗扣欲按怎脫開，嘛是舞一陣。真正無彩伊是讀機械工程的，連簡簡單單的奶套道變無步來提落來。這瞑，為著省麻煩，我家己乾脆先將奶套提落來。奶套提落來，猶有外衫坎冽，應該是小兒科；事實上，這時七十年代初，美國女權運動拄好熱火火，美國婦女解放：奶套放火燒，無穿，兩粒奶頭薄衫裡突突，行起路來，奶頭那現那無，顛倒是燎火晟人，甚至，佇校園裡上空現奶奔走。

參孔石松熟悉無二個月，道進展夠即款程度，我家己嘛驚一趒。人是靈長類，不而過，嘛是動物，求生本能原在，佇時機來夠，本能發揮，啥物男女授受不親，啥物婚前唔通按怎按怎。後天的社會禮俗，時夠，就無法度規範。

六、七十年代出國來美洲留學的台灣男女大學生，當年的社會環境是誠秘守，互相感覺異性是神秘的動物。唯一的生理教育是生物課裡的一章，老師嘛教甲誠歹勢，教甲不答不七無清無楚。我猶會記持，初中生理課是一位女老師教的，有教等於無教，因為老師一句話爾爾：「課本寫甲誠清楚，恁家己看。」阮這沿，男男女女夠婚前，對性唔是一知半解，道是捎無寮仔門。聽講，唯色情小說，查甫囡仔得著一寡查某囡仔身軀的知識，親像武俠小說，寫俠男俠女的戀情，順紲描寫一寡情及性，當然，嘛唔是誠精準。所致，聽講有查甫囡仔會感覺女体誠是比微積分佫卡歹解，比微分方程式佫卡難，我冽想，石松大概道是即款的查甫囡仔。啊，我即個查某囡仔冽？對查甫囡仔男根有啥了解？嘛是無吧？

阮這代留學生對性是誠無知，男女是半斤八兩，精差無濟。若是欲講來，嘛話長。

熟悉才拄拄仔三個月，石松參我差不多逐暗攏作伙，感情甜甜甜粘粘粘；男性的安貼、抄、摸、攬，孤單溜甲無影無跡，人心情清爽輕鬆無地比。

孔石松已經進展夠時常來我玲嬌遮過暝。初初仔，兩人規規矩矩坦笑睏作伙，手摸夠兩粒仙桃爾爾。後來，石松的手龜道變成無遐呢乖，開始落山崙，趖夠平洋；誠緊，佫抄夠水草邊，攏去互我玲嬌雙手掠稠咧，變無步。

十二月上旬有一暝，石松去參加一個編輯會，您咧辦一份同鄉通訊，講伊今暗未當來。1970 年的美國是時事急變之秋，美國學生有反越戰示威遊行，一湧紲一湧；烏人有馬丁路德傳落來的民權運動，一波過一波。台灣學生界佫卡複雜，有保衛釣魚台運動，衍生至三國鼎立：台灣獨立派、親中共北京政權派、國民黨黨國派。佇石松稅厝的房間，我捌影過一寡刊物：《東京青年》、《獨立台灣》。遮，攏是敏感政治性的，一來咱是查某囡仔人，二來咱功課道應付甲足忝咯，實在無彼款美國時間去了解。所致，石松您所辦同鄉通訊實際內容，咱嘛無啥了解。

彼暝我早早道去睏，半暝，二樓房間外的洋台有沙沙叫的聲音，紲咧有拍窗仔聲：叩、叩、叩。我起床看覓，原來是石松。大門上鎖，只好學猴山仔，唯後埕的洋台大柱，攀爬上二樓，踏著洋台的冰雪，沙沙叫。

互石松操醒，我一時歹佫落眠；參伊睏作伙，石松手冷支支，開始我身軀頂摸來摸去，講欲溫燒………動夠小腹底三角草澤垢裡，我一手擋咧。

石松問：「君子動眼不動手，敢會使之？」伊手變目珠，換戰術爾爾，戰略原在。

「每擺作伙，你目珠道咧看我，君子猶未看啥？」緩兵計，想欲化解迫在燒眉之急。

石松輕聲，偎佇耳孔講：「看手龜趖猶未夠的地景。」

想著一再擋石松的手龜，總是唔是辦法，而且，我互伊弄甲開始有寡賀魯網嘛咧作怪矣。

只好歹勢歹勢講：「單單看！哄？」

石松應一聲：「是，……若是擋會稠啊。」

「啥物若是擋會稠？擋未稠，嘛是愛擋，忍者龜啊，戒急用忍。」

石松講：「是。」

石松將咱的睏褲脫落來，紲咧，三角褲亦離身不見咯。咱是足歹勢，揪被來坎身。那像探險家，欲進入烏森林，石松將坎腹肚的被撩一角。我一身人精神集中，時間那像凍結，無動無靜，煞換我擋未稠啦。

問伊：「今，看好未？」

石松講：「無摸，用掀的，敢會使之？」

「欲掀啥？」伊喘喟燒氣飄落我大腿股，一港過一港，一湧紲一湧，我互伊弄甲嘛起一款麻麻癢癢的性海水湧。

石松問：「水草邊有必巡地，敢會使掀開必巡，看一個覓？」

無法伊，應一聲：「好啦，未使動著珍珠噢！」

石松問：「啥物珍珠？」

「勿烏白振動道好啦！」我心內罵一句，奈遐憨！歹勢教戇囝。

感覺石松的雙手大指頭仔拇，將必巡向兩爿掰開，我人酥酥麻麻去。

「哇噢！一蕊水仙咧開花！」石松輕輕叫一聲。

聲調那像一款一目了然，那像有影是百聞不如一見的聲喟，那像阿基米得一時了解科學定理彼款扮勢，那像伊憨石松突然間開竅的款勢。這時，我玲嬌嘛意志戰輸，身不由己，必巡地開始漲張，擴大地盤。

一時，水草地大地動，震動中心佇珍珠，石松的手滑落去摸著所致。珍珠初次互男性摸著，我人嬌哼一聲，一身人那像夆電著，歸身軀顫咧顫咧，雙腿股緊合倔來，將石松手龜嘛挾在內，手龜佫再參珍珠相親相拍電，雙腿緊佫展開來，放手龜。

時間過著誠緊，人佇歡喜裡，煞嘛唔知時間咧過，來夠聖誕節長假期，石松接著一張請帖，伊大學同窗宋若偉佇十二月廿八欲結婚，請伊觀禮。婚禮佇長老教堂舉行，由摩根牧師證婚祝福，石松挈我作伙參加。原來，新娘田台妹參我共款，是今年八月底來夠水牛城大學的。宋若偉參加中國同學會的接機團，接著田台妹，替她安排租厝，辦新學期註冊，買菜伴讀。老宋參老爸湖南人 1949 年逃難來夠台灣，田台妹老爸老母佇 1946 年唯山東來夠台灣，她佇 1947 年出生佇桃園。教會婚禮簡單隆重，典禮後，佇教堂地下室有飲料、點心及甜點招待，全部是由留學生逐家準備的，氣氛誠溫暖，我看甲誠欣羨。

隔年春，正月初三，我的指導教授 Dr. Smith 去倫敦講學兩禮拜，歸家作伙去，順紲遊英國。教授請我替您看厝，可以滯您兜。期間，當然石松定定來揣我。初九，黃昏時，阮佇客廳佮咧辦公傢伙仔，辦仔辦，辦甲論真起來。

這個準新婚之夜，石松那像一隻老虎，腳手生狂。男女之事，參我共款是一無所知，兩人舞甲歸身軀汗，不得其門而入。這時石松男根碇酷酷，見洞欲入去。包皮一直退，現出金光頭，拄拄碰著蘭花蕾，我人道猶未傀儡鑼，伊男根煞敏感提早注射，白奶噴滿水仙花瓣，一洩而消。

真正是慢夠的初中部生理課程，石松即擺實驗只得著十分，離六十分及格分數遠遠遠，著愛補考。我是主考官，何時有機會補考？

新年來，正月十五，台北人園藝系的杜美珍參屏東楓港人電機系的張肇彬婚禮，嘛佇校園對面的長老教會舉行，共款由摩根牧師主持，禮成，牧師宣布。

“Now I pronounce you husband and wife. You may kiss the bride.”

新郎牽著新娘的手，佇嘴唇頂輕輕仔貼咧，東方式的含蓄，唔是西方熱情的。我一時錯覺是石松唚佇我嘴唇，新娘是我。

這擺台灣同鄉會會友熱烈來參加，人人湊腳手，雖然無像台灣食桌，但是嘛誠豐盛，主要是有家庭的會友料理幫贊的，有點心、飲料、五柳枝、白切雞、醃腸、封肉，採自助餐方式。杜美珍亦是舊年秋天才來夠水牛城大學讀碩士，五個月內道婚事完結，速度嘛不止仔緊，那像台北往台南飛快車咧。

婚禮喜酒啉過，食過點心，已經下晡四點外。石松參我越過主街，行入校園，去夠學生活動中心一樓大廳，揣一角落有胖椅的所在，坐落來。想著，石松參我已經熟悉欲有五個月。

我問石松：「這學期結束，暑假前，咱嘛好來結婚，你看按怎？」

「等我博士學位提著，雙囍臨門，好無？」

「啊，你何時會提著博士學位？」

「明年，道是 1972 年春天尾五月畢業。」

「按呢生，猶佫愛等一年外呢！」

「是啊，時夠有學位、有頭路，咱生活道有基礎，按呢敢唔是卡好？」

「古早詩人道明示，有花堪折直須折，莫待無花空折枝。」我講：「人宋若偉、張肇彬兩位，攏猶未提著博士學位，道結婚啊，敢唔是？」講煞，阮兩人陷落沉思裡。

事實上，單單石松他工學院的研究生來講，道有五對已經結婚，一面讀冊，一面過家庭生活，有兩家佫是有囡仔作伴。啥物等畢業才結婚，這是太空時代吶，美國太空人阿姆斯壯開阿波羅 11 號太空船，佇我來美國進前一年，道是 1969 年 7 月 20 道登陸月球呢！石松動作猶佫是牛車時代，敢唔是時空錯亂？

除去頂頭阮去參加的兩個婚禮之外，舊年參我同時來的濟濟查某囡仔，一學期內道參查甫囡仔修成正果，佇寒假結婚啦，親像圖書館系的李淑櫻參醫技系的林水泉。啊，若是外校，我是知影我的同學謝美雪佇密西根，舊年一夠，免兩個月參一位物理系的博士班研究生行甲密密密，嘛是佇今年正月上旬結婚矣！

會記持，我參石松兩人同鄉會中秋夜合唱〈望春風〉，我是啥？是：孤夜無伴守燈下，石松是啥？敢是一陣風？

沉思中回過神來，我講：「咱兩人，同是天涯異鄉人，相親相愛莫遲延！」

「現此時，咱兩人將學業學位排第一位，玲嬌，我的心只有妳一人。」

我玲嬌仔無佫再表示意見。代誌那像道按呢結案。

今年一月初彼擺準新婚是臨時起意，無準備的行為。事後，石松向我提起，伊即馬有保險套矣，意思欲佫來，我將伊的手拍一下。保險套是驚我有身，純粹為我好？抑是為伊家己？我嘛掠無準伊是啥物心意？誰知？總是補考那像遼遼無期。

一月中旬，我佫轉去參周蒂、珍妮租厝所在滯，石松有時來過暝。二月初，有一暝欲十二點，我腹肚疼甲人擋未稠，石松緊送我急診，去水牛城慈悲大病院。佇病院，我內外衫褲攏褪落來，換一軀病人袍服，準備醫生來檢查。這暝急診處當值的拄好是石松捌的一位台灣人醫師，名叫巫友義。

巫醫師人生作足緣投，身材修長，至少有 170 公分，人親切，夆一款信任感。知影攏是台灣人，所以，伊道用台灣話問病情，包括暗頓是食啥。然後，提起聽筒輕輕仔捙過我胸坎的奶仔裡，頭偎過來，近夠我面前，伊喘喟氣流夠我頷頸，燒燒癢癢，伊專心咧斟酌聽我心跳，紲咧，伊用倒手扶我胛脊骿，正手聽筒徙過來徙過去，倒手掌厚實溫燒溫燒，然後伊互我坦笑倒落來，聽筒來夠我腹肚，細膩聽。最後，正手五支指頭仔一面摸一面捙腹肚，一直夠小腹，嘛直欲夠腿股邊；伊雙手摸、捙、抄，無停來佫去，來去之間互我一款酥酥麻麻之感，那像石松咧摸我奶頭的麻西麻西，那像參室友有時作伙咧啖葡萄酒彼款滋味，將腹肚疼掩坎過去。

巫醫師診斷是食物中毒，應該誠緊道會好起來，交待暫時勿食油臊，兩日內食卡清淡的，免滯院。石松及我感謝巫醫師，石松載我轉去，已經欲透早四點。我倒落去睏，石松陪佇我房間，早起八點石松已經煮好一鉗糜，煎一粒卵，開一罐旗魚酥，陪我食早頓。

「你奈捌巫友義醫師？」我食一口糜，好奇問。

「唯阮共研究所的同學陳大昇及陳明雄遐熟悉的。」石松講：「事實上，三不五時，阮會作伙食飯，巫醫師嘛定定來。」

「學生人，奈有法度定定外口食飯？」

「阮唔是外口食。」石松講：「陳大昇敖煮食，水餃唯麵粉開始夠水餃皮包好餡，煮熟上桌免半點鐘，我包水餃道是向陳大昇學來的，巫醫師誠愛水餃。」

「原來是按呢生。」

「巫醫師週末當值一擺道有 300 箍美金加班費，伊人足慷慨，有時帶葡萄酒來，有時買寡絞肉來好作餡。」

「原來醫生遮好趁噢，一個週末加班費道懸過研究生一個月獎學金。看來，巫醫師咯不止仔敖作人，伊人生作嘛誠飄翩，定著有女朋友噢。」我接過來講：「敢唔是？」

「無唔著，有。」石松應講：「唔拘，啥款身分的？相信妳臆未著。」

「啥物身分？當然是台灣人啊！」

「唔著，唔著，是白種人。」

「你意思是講美國仔？」

「著知影，妳臆未出來。」石松看著我誠認真的眼神。

「好啦，好啦，講來聽看覓咧，勿吊我胃口，我猶咧破病呢！」我開始思奶。

「伊的女朋友是巴基斯坦來的醫生，是屬於阿利安族的白種人，叫蒂娜，參巫友義是共慈悲大病院。」

「你敢捌看過，生作啥款？」

「阮一群人便若作伙，蒂娜定定參巫醫師來，大美人一個，兩蕊目珠那天星，個性誠溫純。」一聽，我口中一嘴糜煞有淡薄仔醋味。

「唔拘，大美人猶無妳的水！」石松看著我聽甲失神，緊補一句甜沕沕的話，真假咱道唔知。

阮話談夠遮，石松將碗箸收收洗洗咧，道吩咐我好好歇睏，才趕去研究所，欲向指導教授報告伊的博士論文的進度。

自彼暝互巫醫師牽著手摸脈，摸胸坎兩粒奶仔，摸腹肚，轉來夠厝裡，我的身軀賀魯網那像開始作怪，化學味素佇身軀裡捲起情海千丈湧，我人強欲互湧淹死。佇欲無脈的時，我想起舊年參石松佇迎新晚會合唱〈望春風〉彼暝，陳大昇有上台講一寡台灣俗語。

當時陳大昇有紹介家己是高雄中學出身，伊的國文老師是許成章漢學仔先，有時會佇課堂分析台灣俗語諺語。陳大昇誠興趣，有跟老師學台灣民間俗語文學。彼暝，陳大昇分享伊的台灣俗語古，其中有一條是：「一個某卡好三個天公祖。」語出台灣早年移民社會，佇十七、十八世紀，漢移民攏是查甫人單身過烏水溝，來台灣開拓，漢女移民不成比例，準講平埔姑娘亦算入去，猶是男女比例失衡。所致，查甫人欲揣一個某是難上加難；所以，查某人身價誠懸，可比是一個可以頂三個天公祖咧。

我即馬加細想，或者佫有一款暗喻：一個某可以有三個翁婿吧？反正移民的社會，親像十九世紀美國西部的開拓史共款，無法無天，拄著，欲生存只好靠家己，用拳頭槍枝；舊規矩風俗失靈，時夠，就是：「將在外君命有所不受」，禮教無法度繼續食查某人夠夠。

講著禮教食人，想起一月初石松挈我去看一齣電影，拄好是今年一月初一發行的 "The Go-Between"，描寫 1900 年代英國微克多利亞社會裡，佇諾富克郡，一位定婚的世家女瑪麗安，暗中愛著一位她厝邊緣投佃農作穡郎名叫泰迪。十三歲的查甫囡仔里約接受同學馬克士邀請，來夠莊腳的豪華莊園大厝渡暑假，馬克士阿姊瑪麗安二十捅歲，是一位大美人，瑪麗安特別挈里約買一軀綠色西裝，心煞互瑪麗安買去，答應替她傳批互作穡郎。里約好奇，有偷開來看，一時，感覺按呢是出賣瑪麗安未婚夫休斯，但是，里約淡薄仔對瑪麗安有一款情愫，煞一直作一個傳情者，所致，瑪麗安定定參泰迪成功約會談情，終至獻身。當然紙歹包火，瑪麗安老母發覺代誌唔著，迫牽線的里約挈她去夠情岫，搪著瑪麗安參泰迪兩身光鴛鴦，佇牧草間滾捲作伙。

事後，里約私底下問起瑪麗安。

「妳愛泰迪，奈唔嫁伊？」

"I can't."

「妳無愛休斯，奈著嫁伊？」

"I must."

才十三歲的里約，聽無瑪麗安的兩句答話，聽未出瑪麗安受著舊禮教束縛的無奈。

看這齣電影時，我才離開台灣無夠半年，煞對這款老母拆散鴛鴦的英國舊社會禮教起一款「食人夠夠」的感覺，我窮實嘛驚一趒！

由禮教食人，佫翻轉來俗語的世界。二十世紀六、七十年代的北美洲，台灣來的女留學生誠少，不止仔濟男生利用暑假回台灣相親，揣一生的牽手。所以六、七十年代的北美洲，敢唔是祖先十七、八世紀的台灣移民社會的翻版。按呢生，「一個某卡好三個天公祖」俗語古為今用，敢有啥物未使之呢？

三月下旬，我佫向石松提起，六月結婚的想法，石松猶是講，等待明年 1972 年六月伊博士學位提著，同時結婚，機械工程誠好揣頭路，夠時，三喜臨門，美事三連發。

啊，頂頭講著賀魯網化學捲起來的千丈湧，窮實有「手中一隻鳥贏過林中三隻」的因端，一款「遠水救未著近火」的苦惱！

三月底天氣回春，溫度直升夠七十外度，周蒂、珍妮招我作伙去日光浴，選長老教堂對面校園大遍草坪，草坪唯主街一直伸夠彼斯(Hayes)行政大樓，至少有五百英尺深，沿著主街有 1000 英尺長。有美國室友作伴，試一個鹹汫，若是家己當然猶無彼款胆量。佇厝裡，防曝膏抹抹咧，準備一條大浴袍，戴一支烏目鏡。三大條面巾鋪草地，面對學校彼斯的鐘樓尖塔，周蒂佇正手爿，珍妮在倒手，我居中央，按呢對初次的我，那像卡有安全感，嘛卡未歹勢。浴袍褪去，身軀露甲偆三點，阮先睏坦笑，曝欲有十五分鐘，換睏覆覆，這時奶套暗扣放開，胛脊胼光光光，曝十五分鐘，春天風微微，然後，用大浴巾坎身軀十分鐘，再繼續坦笑曝十五分鐘，覆覆佫曝十五分鐘。對我來講，日光浴誠溫暖，嘛有寡刺激，那咧探險咧，一款文化探險。這若是佇台灣，是無可能。啊，若互阮一世人滯佇台北大稻埕的媽媽知影，絕對夆罵甲臭頭。俗語講：“When in Rome do as the Romans do.” 有影，入鄉隨俗，來夠美國當該然學寡美國文化。

四月初有一日黃昏時，石松來夠我玲嬌徛居厝，看著我，揀我入去房間，隨將門鎖咧，將我偃落眠床，欲作生理補考，佇男根抹一款潤滑劑的款，大概是凡士林，無用保險套，石松就位實彈動槍，唯必巡地長驅直入，落、落、落、一直落，落夠底，我玲嬌煞哮出來，目屎嘛輾落來，石松一聽一看，精囊煞著驚，早洩一空，男根怎仔萎萎那菜脯。

五月底，陳大昇辦一個訂婚葩蒂，新人周玲嬌、巫友義出現，巴基斯坦大美人無來，孔石松接著邀請有來參加，不而過，佇葩蒂半中途離開，連訂婚雞卵糕道無食。

訂婚後，陳大昇透露一寡孔石松的心情：「朋友弟兄，巫友義奈煞搶伊的女朋友？」當然，真相怎款？道誠歹講咧！畢竟，連達爾文五穀鳥嘛足靈巧，會曉應對氣候環境變化，將嘴形改成粗大抑是尖長。人，有時嘛著愛會曉「見微知機」，避免萬一「互風騙唔知」，唔好堅持望春風。

訂婚時，看著石松彼款失魂落魄的眼神，我不忍心請伊參加婚禮。六月尾結婚後，翁婿友義換去紐約市哥倫比亞長老大病院，我將碩士學位放咧，作伙搬去紐約市。一年後，1972 年春夏之交，阮佫徙轉來水牛城，彼時，阮的紅嬰仔已經半歲腳兜矣。蔡宗仁及黃美惠攏參我講起，有一位護士小姐咧追石松，不而過，石松唔敢佫動情，驚再受傷。

參巫友義醫師結婚，我周玲嬌感覺有寡虧欠孔石松博士。

夠今，石松是唔是知影失戀緣由？這，我道足歹確定咯！

可確定的是，誠懷念石松体貼，訂婚時，已經有身。

——2014.1.12 寫佇茉里鄉

2014.4《台文戰線》第 34 號

一對袖扣

德州南方大城休士頓，1995 年 10 月 20 下晡時，阿姆叫著：「心肝仔囝，我的心肝仔囝……」一聲過一聲，悽苦哀傷鎮滿暗暗殯儀館；蔡來福 51 歲壯年往生，阿姆萬里迢迢台灣來；白髮送烏髮人，細枝竹仔哀苦損棺柴；許青峯聽甲心疼，看甲目珠浮珠。

隔日早起，來自歐洲、加拿大、日本、台灣、美國各城市的戰友、同窗、親成，三百外人，擠滿禮堂，來送蔡來福主席。

台灣俗語有咧講：「一樣米，飼百款人。」

蔡來福是百百款中一位好漢奇男子，人直、敢、真，伊是許青峯同窗知友。

1964 年冬天一月，來福、青峯參俊義及明雄作伴，騎腳踏車唯台北轉去中南部，第二站台中市，佇來福您兜過暝；青峯初次見著來福爸母，受著阿姆、阿伯親切招待。

青峯最後看著來福，道是在殯儀館；共所在，青峯第二斗見著伊爸母。阿姆聲聲：「心肝仔囝，我的心肝仔囝。」來福恬恬聽、恬恬聽；青峯回天無力，嘛只好恬恬聽。

阿姆聲聲情「真」，來福有伊媽媽的「真性情」。

春天樹木花草回魂，花蕊盛開，青峯特別敏感；行在您嶺谷鄉莊腳路：胡桃嶺路、牛莊路、丹池路，看著花搖、風笑、樹尾湧、楓籽飛天，在在惹起青峯心緒，想起摯友；煞不時影著三年半前彼幕心肝仔囝，聽著阿姆的「心肝仔囝」哭聲，互青峯心肝笋仔猶原疼、疼、疼。

來福那像一葩蠟燭，一直燒一直燒，燭火照明戰友行的路，台灣獨立的路，台灣語文的路。在生最後三年，明知著不治之症，卻是一身人作二人用；最後一年，作三人用，燭火燒甲盡磅成灰。

1999 年，來福往生四年後，青峯編好出版《燭火》紀念文集，收來福文稿參朋友懷念文。青峯特別走一綴休士頓，送 51 本《燭火》紀念文集來互施麗雅 (Cecilia)，佇 10 月 13，麗雅掣青峯夠來福墓園，燒一本互來福。

兩人追思過往。

「彼是 10 月初七，禮拜六，阮去散步。」麗雅恬恬仔說。

「青峯，你嘛知，伊一向誠敖行。」麗雅紲咧悠悠仔說。

「是啊，伊一向愛運動，健步那飛鳥咧，那平埔族人咧走標。」青峯回應一句。

「彼日，伊腳步那龜趖，唔是，佫卡慢。」麗雅平平仔說：「停腳，掠我金金相。」

「啊，……」青峯越頭看麗雅。

「來福講：『我若轉去，著愛好好仔照顧家己。』這是伊最後、唯一的交待。」

「啊，……」青峯佫越頭看麗雅。

佇橡樹墓園，麗雅追思；您彼日轉去夠厝裡，來福也倒手一直向內底彎勼，按怎扮嘛扮未直。伊的主治醫師吩咐馬上入院。一入無轉來，滯一禮拜，坐亦唔著，徛嘛唔是，倒也未使之，分分秒秒攏是誠艱苦，攏是拖磨。

「主啊！求祢，求祢，掣伊去，掣伊去。」行夠車邊，麗雅講當時心思。

青峯唔知欲按怎接話，人恬恬思想起………

蔡來福博士佇 1995 年 10 月 13 禮拜五往生，過身時是「台灣革命建國聯盟」美國本部主席。

蔡來福台灣台中人，1944 年 9 月初八出生佇台中州，台灣日本天年的尾仔年。

蔡來福查某祖媽來自大甲地區，平埔道卡斯族祖地；祖先有歌舞傳統，每年中秋有「牽田祭」；先以飯丸及魚脯來奠祭祖先，然後族人牽手圍成圓環跳舞；中央有三勇士掌大旗，佇圓環內走標，全族啉酒慶祝夠半暝。大清帝國浙江人郁永河，1697 年來台灣採硫磺時，路過道卡斯族的大甲地域，伊咧趕路，無福氣欣賞您的舞會及有名情歌。

來福也敖跳舞，有道卡斯祖先基因佇咧。1986 年伊主辦美南夏令會，台灣之夜，伊參牽手施麗雅以探戈開舞，有拉丁美洲人熱情風範，炒熱晚會。

古早平埔族主要是原始農耕、拍獵、採集野菜水果。祖先嘛誠敖掠魚，佇海墘造石滬，海漲時，魚入滬，海水退，魚留滬裡，輕鬆掠。原始時代，這是誠有知慧的掠魚法。

1600 年代以來，漢移民及荷蘭殖民政權帶來文字，台灣社會行入近代歷史階段。平埔語「麻達」是少年郎，真敖走，來去草地、丘陵、山地，行起路來那「飛鳥」。您去食官府頭路，您有一首歌詩叫作〈麻達送公文歌〉：

我送公文，著愛緊送夠；
行那飛鳥，唔敢失落。
若有遲誤，官府會處罰。

蔡來福身体猛掠，愛運動，拍一手飄翩網球，顯然有祖先麻達勇健基因佇咧。

大台中西北地區大甲所在，是南島語平埔道卡斯族群徛居地。荷蘭仔來進前，道卡斯族參巴布拉族與貓霧捒族、巴則海族、洪雅族，已經建立「大肚王國」(1540–1732)，參荷蘭殖民政權對敵分庭抗禮。

道卡斯族有一區蓬山八社，道是大甲東社、大甲西社、宛裡社、日南社、貓盂社、房裏社、雙寮社、吞霄社；1800 年代，蔡來福查甫祖公漢移民，單身佇大甲溪墘沙埔地種作，參道卡斯族人厝邊隔壁；娶著蓬山八社姑娘，母系社會的平埔姑娘有厝佫有田園，事實上，來福查甫祖公是人財兩得；佇大甲生湠落來，查某祖媽傳落來〈蓬山八社情歌〉：

夜間聽著歌聲，在我獨臥心悶時。
又佫聽著鳥聲叫，想是情人來訪。
起床來去看，卻是風吹竹出聲，
一切攏是思念心急。

佇竹抱林邊，平埔姑娘獨門戶徛居，痲達情郎欲暗仔，來歕嘴琴約會；來福查甫祖公道是學人痲達，嘛佇暗頭仔竹風聲裡，來探訪南島姑娘，譜出唐山客平埔姑娘的戀情史。

日治時代，1920 年台中設州廳，來福也阿公唯大甲徙來台中市，經營雜貨仔店，家庭經濟改善。老爸蔡友義讀台灣人自辦的台中一中，畢業考入台中州警局作刑事警察，戰後佇刑事室作警官，專門負責調查及偵破刑事案件。蔡警官家教嚴，來福也排第二，上有大兄，下有小弟及二位小妹，蔡媽媽疼囝兒，一家和樂。

1921 年「台灣文化協會」佇台北靜修女中成立，成員誠濟來自台中州，活動中心自然嘛以台中為主。當台灣文化協會分裂，右派蔣渭水道佇台中成立「台灣民眾黨」，蔣渭水留落來一句名言：「同胞著團結，團結真有力。」其他左傾人員成立「新台灣文化協會」，由簡吉及趙港領導，就在台灣中部發起足濟場農民組合運動。戰後，1947 年 228 事件，謝雪紅領導「台灣共產黨」，佇台中建立民兵，組織二七部隊，由鍾逸人領軍，瓦解軟禁國民黨政府官員參駐軍。台中會使講是台灣歷史上，誠少數的、具備革命傳統的城市。

蔡來福 1956 年國校畢業，考入老爸母校台中一中，在校 6 年，興捲群跮跢，誠有領導性。同窗蕭宗仁講：「伊人熱情足有活力，高中時，伊佇隔壁班，天天嘻嘻哈哈，招群引伴，竟然拍破眾人目鏡，考上台大，有影是奇蹟。」宗仁紲咧講：「大學時，阮攏滯台大第五宿舍，伊担任『台中一中旅北校友會』總幹事，我副總幹事。通常人是辦郊遊爾爾，伊進一步，向校友募款，創辦發行校友會通訊。」

蕭宗仁回想過往………

1963 年大一暑假，　來福招宗仁騎自輾車環遊全島，宗仁憨憨參伊走。台北經基隆往宜蘭、花蓮；一過基隆，山路誠崎，騎甲強欲未喘氣。蘇花公路一爿山壁，一爿深崖直落太平洋，騎來驚心動魄。然後唯花蓮南下台東，踅南廻公路。一路坎坎坷坷，經屏東過高雄，夠台南，遊府城安平古堡，赤嵌樓，食台南美食担仔。然後，向北經過永康、新市，進入灣裡鄉曾文寮，揣許青峯。

出現佇青峯目珠前，是兩身那烏鬼的。彼時，來福也戴一頂紳士款休閒草帽仔，滿面笑意，足成廣告裡的烏人齒膏，宗仁嘛共款模樣。

佇曾文寮過暝，隔早，青峯挈來福及宗仁探訪古早詩拉椰族地域，道是曾文溪兩岸的兩大社：溪北麻豆社，溪南目加溜灣社。

青峯挈來福及宗仁來夠曾文崎，這個台灣歷史的渡口；崎頂一目看落崎底，一大遍深落的曾文溪溪埔地，甘蔗園伸展至無邊無涯。

徛佇崎頂，青峯講古。

荷蘭仔去，鄭家王朝嘛崩，來夠清朝，1697 年郁永河唯府城北上，去北投採硫磺。第一工坐牛車，唯台南府城出發，先過新港社(新市)，來夠目加溜灣社(灣裡)，佇曾文崎落去，渡過灣裡溪，上麻豆，轉佳里興過暝。七年後，1704 年宋永清來台上任鳳山知縣，佇曾文崎寫一首〈夜渡灣裡溪〉：

野色蒼茫月色幽，一溪流水去無休。
濤聲亂捲驚殘夢，竹葉輕敲報早秋。
樹起猿猴延澗躍，風翻鳥雀借林投。
蕭條景物他鄉異，中夜漫漫發旅愁。

詩中的林投一路生湠落來，構成鄉里生態景觀；曾文寮誌記載，佇大清末年，大賊股往往恋佇林投出入搶劫。風水輪流轉，後來山洪暴發，河川改道，灣裡溪搖身一變，參漚汪溪攏成作曾文溪，曾文崎猶是老神在在。

莊老「老車叔公」親口講經歷互小學生青峯聽：「1895 年，我猶作囡仔的時，親目看著，抗日統領劉永福騎馬唯溪底上曾文崎來，順著府城路，落南往府城。」

野史傳說，劉永福扮成阿婆仔，踉港；唯安平港坐德國商船，逃回中國。這款的過客者，一再出現佇台灣歷史舞台；家鄉自來道是愛家己救，所致，台灣人家己竹篙門菜刀，抵抗大和機關槍、大砲。

青峯鬧一句：「啥時台灣人會脫出這款惡性輪廻？」

講煞，三人衝落曾文崎。

一溜落崎，穿行甘蔗園邊牛車路，騎夠溪墘，一大遍的西瓜園，長圓西瓜密密粒粒散滿園。青峯講起，太平洋戰爭末期 1944 年底開始，美軍定定來空襲爆擊，有一擺，歸園西瓜掃甲碎糊糊。起初，作穡人捎無寮仔門，突然間，想起來，俺娘喂！粒粒西瓜宛然頭戴鋼盔的兵仔啦。所致，夠 1945 年 8 月 15 日本無條件投降進前，無人敢佫種西瓜。

佇渡頭，腳踏車參人坐渡排仔過曾文溪，上岸夠麻豆，向東去水堀頭。水掘頭是「倒風內海」時代的麻豆港碼頭，17 世紀台灣對外貿易重鎮之一，無輸南爿「台江內海」大員港。荷蘭人一時管顧未著「倒風內海」，海賊時常出入，參麻豆社人有交易來往。

青峯掣路，參觀 50 年代唯龍喉泉窟裡挖出來的石車，道是古早糖廍用來硤糖的兩粒對排的粗大圓柱。傳說，水堀頭是古早麻豆社中心。荷蘭人 1624 年初初夠大員(安平)，誠緊道征服上界近的新港社，對麻豆社、目加溜灣社及蕭壠社猶誠客氣。傳說，後來荷蘭人掠海賊，參麻豆社民起衝突，刣過麻豆人，要求獻地，強迫社民苦勞，麻豆人誠不滿。佇 1629 年，趁荷蘭兵咧過漚汪溪時，表面幫助，揹荷蘭兵及槍，渡河夠半途，勇士身踞落來，順勢將荷蘭兵的頭拄入河水，62 名攏總無氣死亡，史稱麻豆社事件。荷蘭總督 Hans Putmans 唔敢氣嗆，對上大的麻豆社只好禁氣足足六年，1635 年才有能力派大軍報仇。麻豆社投降，獻地。

來福參宗仁一路聽青峯講古，父老傳落來的詩拉椰傳說，聽甲足趣味。

參觀了麻豆水掘頭，繼續向東往六甲鄉，騎夠烏山頭水庫，參觀八田與一費時 10 年的偉大工程，佇 1930 年完成。嘉南大圳水路是萬里長，流過嘉南平洋各村落，灌溉 15 萬甲農田，佔台灣可耕地約 15%，造福千千萬萬作穡人。您三人落珊瑚潭坐船遊山水，嘛划船，騎車過水庫洩洪道頂吊橋。欲離開水庫前，您特別徛佇壩頂，遙想八田工程魄力；八田技師 1942 年 5 月初八死佇「大洋丸」美軍魚雷船難，戰後，夫人外代樹唔肯夆遣送回日本，選追隨翁婿，1945 年 9 月初一跳出水口殉情，翁某魂魄長留水庫，致蔭嘉南農民；您無私無國界的大愛精神；三位未來的工程師誠敬佩，攏起一款工程著愛造福鄉里的氣慨。

欲落霸頂進前，青峯舉手指向東爿山脈，一重懸過一重，往西一比，平洋處處，攏是嘉南大圳流域。荷鄭清時代大台南平洋四大詩拉椰族，如今安在？佇開墾過程裡，漢移民羅漢腳仔嫁互母系社會的姑娘，取著她的土地；抑是被半騙半搶，平埔人土地全失落，無法度佇平洋故鄉生存，只好搬山過嶺，入淺山去夠拔馬，噍吧哖；往甲仙，小林村，甚至翻過中央山脈，去夠後山的台東討趁。其中朱一貴道是其中一名，細漢的伊參老母唯大目降半暝逃脫，搬過烏山山脈至羅漢內門種作，老母再嫁漢移民，佇鴨母寮發跡，後來起革命抗清。

您唯烏山頭出來，騎省道往南，轉來灣裡鄉，越入慶安宮廟，傳說佇共廟址，1636 年荷蘭人起教堂，根據新港社人腔口，用羅馬字拼寫詩拉椰族語，向目加溜灣社人傳基督教福音，廟前有一口當時建堂起的荷蘭井。廟的後殿有沈光文神像，沈光文，字文開，1674 年離開羅漢內門，來夠灣裡街仔徛居，佇灣裡國中附近的社內部落開漢學仔，教育目加溜灣社麻達。沈光文留落來誠濟詩篇，其中有一首寫目加溜灣社平埔婦人人。

〈番婦〉

社裡朝朝出，同群擔負行。
野花頭插滿，黑齒草塗成。
賽勝纏紅錦，新粧掛白珩。
鹿脂搽抹慣，欲與麝蘭爭。

為 17 世紀平埔族留落來罕得一見的生活風俗，婦女風彩面貌。

一脈相傳，灣裡文風鼎盛，來夠 1900 年代，有漢學仔先林珠浦詩人，1930 年來灣裡街仔教冊；有子弟蘇東岳詩人，1937 年初次舉行沈光文祭典，1948 年五月節寫沈光文傳一篇，同年中秋節創立光文吟社，第二回祭沈光文；蘇東岳著詩集《太虛詩草》，其中有兩首：

〈目加溜灣懷古〉

北帶曾文水有湄，南連赤嵌地牛皮；
文開一脈傳今古，灣裡騷人好護持。

〈番俗〉

路上相逢野色昏，嘴琴彈罷暗銷魂；
蠻娃有意嬌無力，牽手荒田笑語溫。

〈目加溜灣懷古〉寫灣裡鄉，唯沈光文一路落來，詩文不斷；嘛寫地理形勢，兼談歷史。所謂地牛皮者，道是 1624 年荷蘭仔騙術，您向赤嵌族講：「借恁一塊牛皮大的地。」結局荷蘭仔紅毛番將牛皮剪成牛皮線條，圍出一大塊地，佇台江內海的外海墩起「熱蘭遮城」。沈光文的〈番婦〉寫婦人人愛水，就大自然取材來化粧，這首〈番俗〉寫活平埔族男女情愛自由風俗，參漢族群男女授受不親封建保守成對比。

後來，來福、青峯、宗仁的牽手，攏是家己揣的；這，見證二十世紀自由情愛觀，比美四百年前平埔風俗。

一日遊過來，轉來青峯厝裡。

彼暝，青峯阿公許石訓參來福誠有話講，來福一再敬青峯阿公米魯，老歲仔參少年的攏啉甲糜西糜西。紲尾，來福雙手比勢，將米魯矸仔轉捲起來，表示攏乾甲清氣溜溜，存無半滴，惹甲青峯 75 歲阿公哈哈大笑。

青峯老爸許萬福講一段傳說，互來福聽。佇荷蘭時代，1632 年，總督浮特蠻士唯麻豆社潦過灣裡溪，坐轎佇曾文崎歇睏，感覺誠清涼。人講因為遮有一塊大大塊的烏金，結局烏金煞互總督挖去，囥入轎；轎夫扛烏金，總督甘願行路，回熱蘭遮城。青峯事後想起，總督唔知有記落《熱蘭遮城日誌》無？抑是總督獨吞作私人紀念品？

青峯阿娘李悅是舊蕭壠社的佳里興人，她嘛講一段傳說互來福及宗仁咧聽。日本征台軍唯布袋嘴上陸，由北白川宮能久親王領軍，來夠蕭壠，拄著莊民抵抗，親王夆用「竹篙鬥菜刀」割傷頷頸，騎馬，頭懸咧懸咧，嘛共款爬上曾文崎，佇灣裡街過晝。然後，經大目降，透暝去府城，死佇府城。日本軍報仇，佇蕭壠大刣大殺，血流成河，有影是蕭壠「消人」，後來，為著改運，借佳里興頭二字，蕭壠換名佳里，好徛居的意思。

自古以來，曾文崎是南來北往要地，日本官方佇遮設陸軍營駐守。台灣南部有三大牛墟：灣裡、塩水及北港；南來北往去牛墟的牛群攏經過曾文崎。牛群衝崎盛況，青峯老爸看過。青峯是佇美國西部電影見識著，牛郎趕欲近千隻的肉牛，掃過大荒野，趕夠牛市場的大場面。細漢時，青峯老爸常在掔伊去牛墟買牛，抑是賣牛。青峯真愛看牛販牽牛入場，買牛人用手摸牛齒，試牛步，考牛拖四輾門死的牛車，試牛拖犂；遮道是牛隻買賣的四步數，用來鑑定牛隻的好霉、強弱、老茈。佇牛墟，順紲看人拍拳賣膏藥，食細秀。

拄好唔是二五八牛墟日，青峯道無㩒來福、宗仁去見識牛墟的場勢。

曾文崎看盡台灣歷史痕跡。

來福欲走，向青峯講起：「啊，恁曾文寮嘛誠有歷史文化吶，你敢嘛有平埔血緣吧，看你雙重目珠皮，唔是鳳眼，應該是平埔媽的後代。」青峯家己嘛按呢想呢，親像家己自細漢道愛自然景觀，宛然有沈光文〈番婦〉婦人人愛天然花草彩妝的基因。

隔早，來福、宗仁離開台南，北上，轉去台中。誠實是路遠身勞人忝，苦甲奧得講，晒甲那火炭。宗仁一路不時咧罵，來福伊攏是笑笑仔講：「少年時，著愛加一寡磨練。」轉夠台中，一身那烏鬼，來福媽媽一看，馬上佫氣佫唸。

大二寒假，1964 年新曆正月底，宗仁拒絕佫作彼款憨代誌；來福只好另外招許青峯，劉俊義，陳明雄，佇寒凍的東北風裡，唯台北騎回台中。中途您有踅入大溪鎮，許青峯回想 1958 年佇大溪的童子軍大露營情景；您嘛佇大甲拜訪劉俊義的女朋友，互民風猶保守的草地序大人驚一趒，煞是桃花流水一場空，來無痕去無跡。可惜，劉俊義生唔著時代，若是來福也初祖時代 1800 年，那像蘇東岳的〈番俗〉詩篇裡的愛人仔，絕對自由戀愛修成正果。

順著省道，二日內夠台中；來福完成單車環島一輾的心願。有影，來福也道是嶄然仔有決心。

1963 年，唯第五宿舍夠椰子杜鵑大道前的工學院，蔡來福、許青峯出入來去，12 月有一工，許青峯將計算尺拍見去，青峯興寫作抒懷，將計算尺比擬成愛人仔，計算尺密密綿綿條紋，看成姑娘仔垂肩美髮，寫一篇散文〈初次情人〉。1964 年正月初登《大學新聞》，感動抾著的人，送還。稿費來，蔡來福敲青峯一大碗「師大牛肉麵」。

佇麵店裡，您開講。

「我結拜的大目珠阿姊美芬也，誠欣賞你彼篇〈初次情人〉。」

「道已經敲一碗牛肉麵，勿佫亂騙我。」

美芬參來福也無緣作情人，只好化身成阿姊純友誼。來福將參阿姊的對話，搬互青峯聽。

「作者定著有女朋友，若無，奈會寫甲遮呢仔多情入骨。」

「作者是我好朋友，人叫伊佛桑，無半個女朋友。」

「你是講，恁朋友是和尚？」

「唔是啦，伊只是面圓頭光，那和尚款啦。」

「無經無驗，佫寫甲遮呢仔情綿綿，歹相信。」

「伊是單相思，幻想天分一番、一之夢啦！」

「敢會使紹介一下？」來福表示聽著這句時，有一大股醋意蒸起來。

紲咧，春節拄過，青峯一篇散文〈二月的農村〉佇《新生報》登出來；這篇寫曾文寮採收甘蔗，農民歡暢的氛圍。青峯用稿費請來福去大稻埕食點心，佫去萬華西門町「紅樓」看電影。大稻埕及萬華古早是淡水河的內陸港，1697 年郁永河佇北投採硫磺時，台北是一遍大湖，凱達格蘭族出出入入攏是划艋舺(Bunga；獨木舟；Canoe)，「萬華」日本音是 Banga，伊的前身台灣人夠今叫作艋舺。

有大稻埕當地人施金盛，厝偎永樂市場參天馬茶房，遮是日治時代台灣文化運動的中心之一，戰後，二二八事件就發生佇遮。施金盛大漢了後，拍成一齣《天馬茶房》電影。施金盛小妹施麗雅，有一年唯美國坐飛行機回台灣，邊仔拄好坐一位菲律賓姑娘，恁話起來，講起 Canoe，麗雅好奇問起這位作護士的菲律賓人，塔加洛語的 Canoe 按怎講？護士答：Bunga，施麗雅感覺誠趣味。人講，台灣參菲律賓的原住民是親成，誠實是有影咧。

後來，艋舺拄著海船，十九世紀末年，海船湧夠大稻埕。

1858 年英法聯軍拍敗大清帝國，簽訂天津條約，所致，1860 年台灣被迫開放港口，有英國東印度公司的德記洋行，1867 年成立佇安平，1878 年佇淡水，1887 年佇大稻埕，先後建立營業點。當時西洋先後有五大洋行，分別是英國德記洋行、英國怡記洋行、英國和記洋行、德國東興洋行及美國唻記洋行。這五大洋行主要採購茶、糖、樟腦。船隻唯淡水港口，順著淡水河航運至大稻埕，改用小船，再入大科崁河(大漢溪)，一直夠桃園的大科坎(大溪)。淡水河佫有兩條上游：新店溪及基隆河。施麗雅阿祖滯英國德記洋行有 20 外年。後來，施麗雅阿公開拓茶葉中盤生理，唯大稻埕上大漢溪，行遍桃園台地紅土茶山，採購茶葉，一路拍出茶行事業。

大稻埕的台北，20 世紀前夜變成台灣政治、商業中心，當時郊外的大安地區，是歌詠春風的田園之鄉。施家佇大安買田起厝，佇遮，稻浪造湧，風來竹抱仔伊伊歪歪，那咧唱歌。風聲裡，吟出福佬人李臨秋的歌詩；大安田園風情，激出客家作曲家鄧雨賢的愛情旋律；歌詩配歌曲催生了 1930 年代有名的台灣情歌〈望春風〉。施麗雅生佇戰後 1947，雖然童年成長的 50 年代普徧散赤，不而過，大安田園的台灣歌謠聲裡，有伊快樂的童年，時時會聽著爸母咧哼〈望春風〉，歌境一款少女互風騙唔知，愛佫奧講出嘴的歹勢情懷。

戰後，台灣人出國留學，往日本，往北美洲，往歐洲；海外留學的一代台灣人，在歐美落土生根，湠出歐美台灣人族群，台美人聚會常常唱的一首歌就是〈望春風〉。外國樂團夠台灣演出，亦定定選〈望春風〉獻互聽眾，誠受歡迎。可講〈望春風〉走遍世界，誠是出名。

獨夜無伴守燈下，清風對面吹。
十七八歲未出嫁，想著少年家。
果然標緻面肉白，誰家人子弟？
想欲問伊驚歹勢，心內彈琵琶。

想欲郎君做翁婿，意愛在心內。
等待何時君來採，春青花當開。
聽著外面有人來，開門來看覓。
月娘笑阮憨大呆，互風騙唔知。

大稻埕 100 外年的時空風雲，唯清朝末年，行過日治時代的 50 年歲月，來夠戰後 70 年代國民黨殖民時代。

施家茶行子弟見證種種風雲，新的一代成長，施麗雅讀北一女6 年，考入台大化學系。新一代飄洋過海，去夠遙遠的新大陸，「唻記洋行」的國度；1970 年秋天施麗雅身軀扎著茶葉芳味，去夠共款是河流航運出名的匹茲堡，佇卡內基美隆大學(CMU)讀化學碩士。

施麗雅有時會佇河邊看流水悠悠，她特別恰意「箭頭公園」，道是三河交滙的三角窗；往北流的莫諾藝彼拉河，參往南流的阿里藝尼河，佇箭頭公園滙合成有名的烏海烏河。烏海烏河流過賓州、烏海烏州、西帽芝尼亞州、肯塔基州、印地安那州、伊利諾州，流入美國第一大河密西西比河，佇呂意西安那州的紐奧良注入墨西哥灣。所致，唯匹茲堡可以內河航運出海，匹茲堡是有名的內河航運城市，號稱三河之城。匹茲堡早年是美國鋼鐵工業重心，烏煙一日夠暗放無停，號稱「烏鄉」，但是，佇八十年代拼輸第三世界，鋼鐵廠大量關門，轉型電腦高科技、醫療、服務業，即馬是上好徛居、作穡、讀書、談情說愛的美國城市。

徛佇箭頭公園，施麗雅會想起作囡仔時代，三河滙合的淡水河大稻埕，她誠愛箭頭公園彼款鬧裡有靜的氛圍。

1970 年 12 月聖誕假期裡，來福也開一台德國製的二手龜仔車，唯 CMU 校區的奧克蘭出發，經過箭頭公園邊的磅孔橋，橫過三河，鑽入磅孔出匹茲堡。然後，經過烏海烏州，印地安那州，進入中西部中心的伊利諾州，遊詩卡伍參威斯康辛州的邁地生。回程，一路開夠烏海烏州的 Bowling Green State University。大學設佇 Toledo 城郊外，是三州的邊界，偎印地安那州及密西根州。

這是特意安排的一綴假期，欲聽彭聰明演講。彭聰明教授 1970 年 1 月初三變裝坐飛行機逃離台灣，經香港、曼谷、莫斯科、哥本哈根、初五飛夠瑞典。1970 年 9 月 27 往美國密西根大學中國研究中心擔任研究員。1970 年 12 月尾佇茂林久仁大學演講「台中關係」，這是伊在美頭一擺演講會。主持人陳以竹，時佇大學政治系作教授，陳以竹本誠是台獨運動專職負責人。會場坐滿滿，三人見著這位 1964 年「台灣自救宣言」的神秘人物，誠興奮。三人誠感慨，國民黨封鎖資訊，他當年大二時，竟然對事件唔知半項。演講進前，由台獨外交部長陳隆基紹介彭聰明，陳隆基出身耶魯大學法學博士，出一本《台灣、中國、聯合國》，這本三國誌，主張一中一台，鼓吹台灣獨立，陳隆基口才一流，台、中、英、日語攏誠老練。

隔日早起，來福、青峯、宗仁三人佇大學餐廳看著二位水姑娘仔；來福也帶著伊招牌笑意，隨偎過去，逐家嘻嘻哈哈，姑娘仔講怹欲轉去密西根州的汽車城「地粗意」的「韋恩大學」。三位少年的，應該往東轉去匹茲堡，但是，姑娘仔著餌，釣著啦；改往北行，來福也特別意愛其中一位大目珠的。車開落公路，一路有講有笑，講仔講，來福意愛彼位冒出一句：「我的男朋友，按怎按怎。」三人一聽，心凍成冰。不而過，攏有學著西方紳士風度，一路送夠怹的大學宿舍。姑娘仔嘛誠有心，請怹三人食一客冬天的冰淇淋；將紅赤目色降溫回白，將心腹火大消沈落去。

1971 年正月初五，大雪後，匹茲堡冬天難得有的好天氣，來福唯機械館出來，行偎理學院，看著一個查某囡仔行出理學院；來福一時靈感來，腳步放慢落來，等候她人偎近來，一看，是大目珠的東方姑娘，來福也用伊招牌笑意，見景揣話。

“Be careful, it is slippery.” 來福關心語氣。

“Thank you for reminding me.” 來福聽出她的台灣腔口。

「敢是欲去活動中心？」來福紲咧問。

「是，腹肚足枵。」姑娘大方答。

「我嘛是，按呢有伴。」來福順藤摸瓜。

「那像唔捌看過你。」姑娘一腹疑問口氣，但是誠友善。

「啊，我佇機械工程研究所，修博士學位。」來福嘛奇怪，奈唔捌拄著。

「我佇化學系，攻碩士。」姑娘嘛報出身分。

怹行入學生活動中心的餐廳，各人點一份三明治，來福叫一杯茶，姑娘叫一杯咖啡。怹揣一塊偎窗的桌仔，來福替姑娘將椅仔喬好勢，等她坐好，才佇對面就座。

「我姓蔡，名來福。請問芳名。」來福紹介家己。

「小姓施，名麗雅，台北大稻埕人。」咖啡捧起來啉。

「遮呢水的名。我是台中人。」茶提起來啉一嘴。

「這款茶，敢好啉？」麗雅心存疑。

「猶會使之，馬馬虎虎啦。咖啡怎款？」來福禮貌問倒轉去。

「猶未䆀，你愛啉茶的款？」麗雅紲咧問。

「是，愛茶的清津芳味。」講煞，嘴角隨笑意浮起來。

「有影？若無棄嫌，請你啉正港的茶。」麗雅誠恰意來福的直及笑神。

「噢，誠多謝。」來福笑笑仔答謝；心想，有影，塞翁失馬，焉知非福。

施麗雅將祖先的茶行事業簡單說來，舊年秋天欲來留學，有扎一寡茶葉來。一禮拜後，來福如約去麗雅參室友共租的公寓，啉茶去啦。茶啉話仙，兩人誠有話講。來福也聽出麗雅罕得作菜煮飯，煮食她唔是誠有興趣。來福也來美國已經有欲四年，料理唔是內行，不而過，嘛會曉三、四項簡單的，特別是美國牛排，烘馬鈴薯，炒洋芥藍，按呢合起來，道是一頓簡便料理。所致，來福回請麗雅，佇伊家己一人的小公寓，兩人嘴食甲津津有味，目珠嘛食甲強欲脫窗，不而過，攏猶是紳士、淑女。

1700 年代〈蓬山八社情歌〉的竹風，吹過台灣 200 年坎坎坷坷歷史，吹夠 20 世紀 30 年代日本天年，竹風的南島民族基因，蓮花化身成現代互風騙唔知的〈望春風〉。共款的台灣風，一路吹過太平洋，吹夠美洲東海岸，吹來匹茲堡三河交滙的箭頭城市，宛然是淡水河大稻埕情景；大目珠施麗雅唔驚互風騙唔知，墜落嘴角湧笑南島媽後代的麻達情郎，〈蓬山八社情歌〉參〈望春風〉相拍電。

來福陪麗雅，時常來箭頭公園，掠淡水河大稻埕日黃昏的記持；CMU 校園佫卡是形影相隨，上演情甘蜜甜戲齣。這款情景唯寒咻咻的正月起鑼，冰雪見證您戀情熱度；燒甲可化冰雪，用來烹水，泡麗雅扎來的祖傳私密茶；佇來福小小的公寓，您一杯茶四唇同齊哈。

紲咧，來福邀請麗雅去溜冰。溜冰場佇卡內基美隆大學東爿的 Schenley Park。佇來福細膩牽手滑溜之下，麗雅誠緊道會曉徛起，她手岸來福的腰，可以穩穩仔滑；萬一欲跋倒，來福隨時加她扶撐起來。便若發生，麗雅歸身軀放甲軟惜惜，隨在來福也攬、撐、扶、抱；麗雅工夫盡展，勝過姜太公呢！不只享受男性氣味，嘛順勢施展女性媚力；姑娘溫燒女体刺激來福也，惹動伊五觀慾念鶺意。

麗雅平衡感誠好，誠緊道家己可滑溜，來福佗佇她尻川後。按呢一輾過一輾，麗雅愈來愈好胆，嘛耍甲足歡喜。最後，佫來一輾，大概耍甲体力無啦，她人險險欲栽落去，來福英雄救美，一身溜過來，彎身，雙手一扶，將麗雅腰身緊攬起來，麗雅勼偎佇來福胸前。雖然，隔二、三重衫，兩人心跳肉感那溫泉水，對流通身來回；麗雅面皮仔紅粉紅粉那蘋果，唔知是冰氣凍紅？抑是一時身肌血肉化學起變化所致？

CMU 東爿，隔一條路，有一座有名的溫室花園：Phipps Conservatory，強欲有一百年歷史，內底誠濟是溫帶氣候，親像匹茲堡，難得看著的熱帶花草樹木。冬天過了，溜冰場關門，麗雅自動招來福，就近觀賞飛埔花園，因為誠數念台北大安祖厝的花園。來福馬上應好。佇四月中，拄好有一工是免費入場，兩人入去慢慢賞花。這日麗雅特別點甲水噹噹，兩蕊大目珠活靈靈，勝過鳥語花笑，來福看甲神神。行夠茉莉花園，來福一時來靈感，牽麗雅坐佇一角，少人踏夠的所在。

「麗雅，看過遮呢濟花花草草，妳看，上水的是佗一款？」來福歸面神秘款。

「蓮花浮水，誠水，水過莫內的蓮花油彩。」麗雅您大安厝埕有一窟蓮花池。

「蓮花有影是水，唔拘，有人大目珠，比蓮花佫卡清亮。」來福佫誠敢褒。

「誰啊？」一款明知佫擲生的語氣。

「遠在天邊，近在眼前。」麗雅心內甜甜，面皮笑微微。

「想未夠，讀機械的，嘴佫遮呢甜，舌嘛活靈靈。」大目珠向來福勾一下。

「來來，佗一款是上芳的？」來福身軀偎夠麗雅頷頸。

「茉莉花，上清芳。」來福也鼻孔大大吸一港。

「茉莉花奈有妳的芳！」有影，青春女性体芳，唯麗雅頷頸蒸出來。

「莫起痟，卡正經咧！」罵罔罵，來福話語參動作可是誠貼心肝。

「啊無，啥款花上界甜？」來福齣頭佫是未少。

「蓮蕉花的花心蜜，一等甜！」麗雅懷念大安厝宅仔挽食花心蜜往事。

「其實，蓮蕉花蜜無妳的嘴唇甜啦！」來福頭偎過來麗雅嘴唇邊。

「無愛啦，一隻嘴，亂亂泉！」大目珠歹勢，那夜合暝時合起來。

來福也那田嬰點水，往麗雅唇上點落去，感覺她兩唇半分開，順勢一尾水蛇游過溝，麗雅雙手環抱來福胛脊骿，人匀入來福胸坎，魂入〈望春風〉的境界，一秒那永遠久長；經過天荒地老，聽著有人話語腳步聲，兩人才回魂來。

五月初，來福約麗雅佫觀賞飛埔花園，因為，您花園無全部遊過，準備將猶未看過的花室看完，愛花的麗雅隨答應好。

兩人行夠蘭花室前的紅磚門，紅磚壁吊滿盆栽蘭花。來福特別舉頭相一下這對門，嘛報互麗雅看：兩粒羅馬式半圓形拱，門出「心心相印」的一字「門」。

您踏入去馬蹄形蘭花室，靠壁邊栽滿種種的、各款各樣的蘭花，室中央一窟水，水墘嘛是栽滿蘭花，佫有天蓬吊蘭垂垂。來福也牽麗雅的手，行來，那像牛車笋笋歪歪，穩穩仔了了仔趆，寬寬仔看，斟酌仔欣賞，慢入來的人群，一陣一陣趕過您兩人，十外外分鐘過去，您才遊過一半。等候您兩人踅轉來，來夠心心相印的紅磚門前，麗雅看著一條橫布聯，聯裡一行大大的英文字句：

My Dear Cecilia, will you marry me? Robert Tsai.

來福也緊趕前一步，單腳跪佇麗雅胸前，舉頭金金相入麗雅大目珠。邊仔一堆看鬧熱的遊客，您噗仔聲乒乒乓乓，人人開始使弄，Say, yes, say, yes.；氣氛誠溫暖，麗雅一面歹勢，一面歡喜，歸面湧起桃花紅；沉頭，大方應一聲：「Yes，好。」

來福也緊徛起來，將麗雅攬起來；來福也順勢唚落去，兩人血肉神魂抱成一体。

麗雅有影是美麗優雅，人大方，性格敢，人巧，聰明，嘴唇足性感，參來福也誠四配。事後，麗雅問起，誰掛橫聯？來福也笑笑講：「是天公伯也啦。」

佇蘭花室求婚，有伊深深的性愛成分吧？蘭花一般公認是exotic，唔拘，應該佫有 erotic 吧？古早希腊語蘭花語源是膦核也，因為蘭花苞猶未開進前，道是膦核仔形啦。花苞一開出蘭花來，千嬌百媚有濟濟意涵：可愛淑女、夢中甜點、牽手紅娘、朱比特之箭。青峯心內想，來福也起鵜甲誠有學問呢！

美洲作穡人有一句諺語：「四月雨掣來五月花。」佇這年，1971，花開甲特別奢揚；五月底，施麗雅欲作蔡來福的花嫁娘；許青峯唯水牛城專工來見證，您的婚禮由台灣革命聯盟宣傳部長周福生證婚 ，佇部長 Penn Avenue 的厝埕花園裡舉行。

「來美國是為著讀冊，煞一年無夠，道結婚啦。」麗雅回想起來。

「這無奇，留學生婚姻速成；環境促成，女少，男追求。」青峯講。

「有一項代誌，二十外年啦，來福也無講破。」一款懸案待解口氣。

「啥款代誌？」青峯好奇。

「佇飛埔蘭花室，伊講是天公伯也吊求婚聯。敢是你？」

「我吊好，宓佇樹後，看恁佇甜甘氣氛裡，唔敢攪擾，恬恬離開。」

「我一直猜想，應該是你。婚後讀完碩士，揣一份化學分析師空課。」

「佗著時代，學著美國婦女運動人士，做職業女性。」青峯呵咾。

「煮菜無半撇，佫無興趣，好佳哉，來福也廚藝一流，分担家事。」

「嘛難怪，留學生無親無成佇身軀邊，兩人著愛相照顧。」青峯講。

「兩個查某囝，來福也一手掔大漢；飼奶，帶出帶入，拍球，踮踱。」

「是，是………」青峯應一句。

「二十外年按呢過去，伊往生後，才發覺代誌濟甲那牛毛！佫卡數念伊。」

麗雅回想當年小家庭情甘蜜甜，來福佇 1972 年得著博士學位，先佇西屋公司食頭路二年，然後換去匹茲堡玻璃公司就職。佫來，1976 年熱人搬去紐約州大水牛城地區，佇 Lockport (港鎖鎮) 的美國通用汽車廠上班，來福佇熱流工程部門，麗雅佇電池部門作化學分析。厝滯水牛城大學附近，參與同鄉會活動，照顧台灣學生。1976 年秋天，許青峯唯南部核羅里達搬轉來水牛城，佇西屋公司磅浮部門負責流体力學工程。杜文勇 1975 年秋來夠水牛城大學，攻生化統計學博士學位，三人招其他三位工作同鄉，佇 1978 年秋天成立水牛城台灣人權會，推動同鄉會運作。人權會推許青峯競選水牛城同鄉會會長，當選，1979 年正月就任。

有一擺例行月尾人權會會議，會煞，照例佇青峯厝裡用餐，家家戶戶帶一盤菜來。這工，麗雅特別扎茶葉來，泡一大桶茶。杜文勇斟一杯，滗一嘴。

「這款茶啉來誠熟似，麗雅，這是啥款茶？」文勇問。

「這款叫相思茶。阮兜，自阿公道啉這款茶。」麗雅答。

「恁佗位買著即款茶？」文勇好奇。

「阮阿公是茶葉中盤商，伊長年大科坎溪來去，佇桃園台地紅土茶園採購，上恰意相思林山的相思茶，道是我今仔泡的。」

「奈遐拄好，阮阿祖佇相思林山種茶，伊開發出相思茶，附近人嘛學咧種。」

「你佫啉看覓咧。」麗雅佫斟一杯互文勇。

「正港相思茶。」文勇確定。

「咱誠有茶緣呢！」麗雅誠歡喜。

「紅土厚鐵分，茶栽來茶葉含鐵質，誠潤喉。」文勇說明。

「難怪芳佫好啉。」麗雅佗咧講。

「阮阿祖傳落來一句話。」文勇足正經講。

「噢，啥款話？」麗雅誠好奇問來。

「查甫人啉相思茶，會足鐵齒，道是客家人講：『硬頸！』」

「敢有影？阮來福也足愛啉呢！」

聽著您兩人咧答嘴鼓，人人偎過來哈即款相思茶。逐家誠感慨，地球有影是誠細，離開美麗島祖國，萬里迢迢，在北美洲結緣。勿講即馬，福摩莎人行遍世界；早一世紀，佇麗雅阿祖彼代，福摩莎茶道已經銷透世界各地。窮實，台灣人自古道是貿易民族，有經濟眼光，宛然是東方猶太人的款樣！

日子佇無注意裡，快速飛咧過；世間事誠難料，來福會壯年往生，誰會預知？

蔡來福往生五年後，公元 2000 年台灣總統大選，許青峯揣來福也戰友簡長杉轉去台灣，觀察台灣選舉文化。您唯台北一路落南參訪，夠台中特別去拜訪來福也爸母。青峯隨身扎 20 本伊編的《燭火——蔡來福博士紀念文集》，欲親送阿姆、阿伯。只見著阿姆，談半點鐘，相辭，阿姆送夠門口。青峯參長杉行夠巷口，找一台計程車，坐起哩。這時，青峯翻頭看向巷底，「心肝仔囝」的媽媽猶徛佇遐，看向計程車，青峯心肝頭越一下。事後，參來福也牽手施麗雅談起，無見著來福的爸也，她講：「阮大官猶誠心疼，避見來福的同窗朋友，以免情傷！」

啊！阿姆的心肝仔囝；啊！阿伯的疼。

啊！想起飄翩少年時，來福送的一對袖扣。

這對袖扣，牽挽您三十外年的友情。

啊！唯心肝仔囝夠一對袖扣，攏是情。

時光迴轉，青峯想起您大學時代，唔知生離死別啥滋味。

來福青峯青春少年時，1964 年春四月天，台北天青青，雲蕊白白飄過大屯山，徙過蟾蜍山天頂，躼躼大王椰兩排徛往山坪，矮矮杜鵑花湧舞春風；友誼牽伴春來吐絲綿，蔡來福翩翩雙腳駕風，送來生日禮物：一對袖扣，扣牢知己情。

這對米黃色的袖扣园佇銀色盒仔裡，盒仔底有伊的筆跡：「謹此贈予許青峯，祝生日快樂；1964.4.11，蔡來福贈。」一對袖扣，並無特出，但是當伊經過來福的手，送夠青峯手裡，這對袖扣煞有花搖風笑的魅力。

1966 年畢業，來福佇宜蘭礁溪陸軍電池廠作預官，青峯佇左營海軍汽車修理廠作少尉車輛官。1967 年春天，青峯趁軍人半票優待，唯左營坐火車夠台中，然後搬公路局的車，經過谷關進入東西横貫公路，來夠梨山。本誠準備佇梨山過暝，看著梨山賓舘彼款大紅粗俗、千篇一律的建築化石，感覺誠刺目，決定提早轉往宜蘭支線，去礁溪，探訪來福也，兩人赤身相見，洗有名的礁溪溫泉。然後，青峯坐北宜鐵路夠台北，去第五宿舍擠燒，單獨去紅樓看《真善美》這部電影，欣賞佩服軍官一家人，用知慧參勇氣，佇驚惶中脫出魔鬼政權的掌控。這綴旅行算是細漢夠出國留學進前，參所有其他行程，總結起來，環台灣島一輾。唔拘，算來，猶輸來福也的單車環島壯舉。

1967 年秋，來福也去南卡羅來納大學，青峯去賓州巴克乃呂大學，兩人取得碩士；1968 年 6 月初八青峯往紐約州立大學水牛城分校攻博士，來福也佇 1969 年 2 月夠卡內基美隆大學攻博士。

1970 年，台灣留學生面對大風暴：釣魚台運動、台灣革命建國運動全球大聯合、加拿大承認中國建交。保釣運動變質，左派外省人偏向北京政權，台灣方面分成國民黨政權的黨國派，反抗國民黨政權的台灣獨立派。

自細漢就興趣文學，許青峯感受著，文學佇台灣民族解放運動的力量。所致，1978 年以來，積極去了解台灣文學史，唯日治時代台灣人佇東京發行的《台灣》、《台灣青年》，參後來佇台灣本島發行的《台灣民報》、《台灣新民報》等等刊物，整理出八大本台灣文學筆記。就遮，看著一項民族問題，可以左派運動者連溫卿的一句名言總結：「言語起源參民族起源是一致的；若有民族問題，必然有言語問題。」點出日本帝國欲消滅台語文，連氏提出保護台語文的論文。同時，日治 1930 年代，台灣左派運動者黃石輝掀起台灣鄉土文學論戰，主張：「寫台灣題材，用台語寫作。」郭秋生出來贊聲；台灣新文學之父賴和，一向支持弱小者勞苦大眾，改寫台語小說。這款台語文學的主張，深深打入許青峯心肝窟仔，伊入去了解英國、法國、德國、西班牙……等等民族國家的形成，發現民族母語文學扮演誠重要的力量，親像義大利的但哲以土斯卡那地域的核羅倫斯府城腔口，寫出世界名作《神曲》，催生義大利民族語文，為義大利民族國家的出世建造了基礎。

青峯前後整理出四篇重要的論文：〈戰前台灣民族文學的成長〉(1981)、〈日治時代台語文學的發展〉(1984)、〈賴和文學的語言演變〉(1994)、〈歐洲各國民族母語文學運動的啟示〉(1996)，誠濟刊物轉載引用，嘛收入誠濟書裡。青峯攏有送來福也影印本，不而過，第四篇是用燒的。

1977 年熱人青峯搬入新厝，彼年冬天大雪，天氣足冷，厝簷水槽裡雪水結成冰，失去洩水功能，造成厝頂積雪誠厚，厝內燒氣將厝頂雪化成水，形成厝頂湖，水洩入天蓬。來福也誠熱心，爬上樓梯夠三樓懸的厝簷水槽，作伙敲水槽結的冰，互厝頂湖順利洩水。

杜文勇、許青峯、蔡來福三人攏熱心台灣同鄉會活動，照顧台灣學生；拍球，辦活動，組鄉土文學讀書會；杜文勇負責鄉訊，推捒鄉土文學專欄，文勇嘛積極替《美麗島雜誌》募款。1979 年 12 月初十爆發美麗島事件，國民黨大掠美麗島民主運動人士欲近二百人。許青峯主持美麗島事件座談會，會場人山人海，文勇、青峯、來福攏批判惡霸的國民黨，文勇甚至喝：「偃倒國民黨政權。」文勇對國民黨封殺美麗島政團誠不滿，佇紐約市一場抗議遊行時，跳上台，面對眾人，喝一聲：「燒死獨裁者！」隨將蔣經國的大頭像放火燒；1970 年 4 月 24 無死佇槍聲裡，即擺 1979 年 12 月 22 死佇紙火光裡。

1980 年秋，蔡來福歸家搬落德州休士頓，佇艾克森石油公司負責油井探勘及採油工程；來福欲落南去休士頓進前，將一襲清雪用連身衫褲送青峯；夠今，嘛猶佇青峯手裡，年年穿咧清雪呢！後來許青峯一家佇 1982 年徙往賓州西部嶺谷鄉，佇西屋公司能源總部，在蒸汽爐工程工作。

1981 年 5 月尾，杜文勇擤牽手杜素月及幼囝數傑回台灣探親，7 月初被警總約談，初四夆發現死佇母校台大校園。慘案捲起美國各地校園千丈火，示威抗議遊行，其中以水牛城上震撼，有的學生戴痟鬼仔殼，因為亦驚亦憤怒！

來福想：「文勇才 31 歲，有博士學位，事業人生拄欲起飛，有心愛的某，疼痛的幼囝；單單因為愛鄉，為著台灣家鄉的民主運動，竟然慘死，這！是啥物世界？」

「文勇也，今，我會當替你作啥？」來福也心內按呢問伊家己。

美國國會欲舉辦校園特務聽證會，參議員李豈(Jim Leach)的助理拍電話互蔡來福，請伊國會作證，來福心內滾捲。人，畢竟，唔是天生勇士，驚惶上烏名單的後果。思考來思考去，考慮戴痟鬼仔殼出庭作證。最後，麗雅支持來福勇敢徛出來，那像 1970 年 4 月 24 黃武雄佇紐約街頭一聲：let me stand up like a man!

「文勇也啊文勇，無替你出這口氣，未使之！」來福也心內喊喝。

1981 年 7 月 30 聽證彼日，來夠國會，正義感唯腹肚邊茁出來，痟鬼殼無戴，報出真名；說明參杜文勇佇水牛城同鄉會及人權會共事的過程，詳細報告國民黨校園特務運作情形；指出杜文勇受著校園間諜的陷害，所致被警總約談，死佇您手中；您佈置邪惡的障眼法：「抹污文勇畏罪，跳防火梯自殺。」

有詩篇為證，〈伊是拼生命〉：

兄弟夆謀殺佇母校，
戰勝驚惶，

國會山頭作證，
石破天驚，
伊是拼生命。

「作證了，心情開朗無地比。」來福事後向青峯講起。

蔡來福 1985 年擔任「休士頓台灣同鄉會」會長，隨想著創辦台灣語文學校，為著：第一、教子弟母語台灣話，第二、傳湠台灣文化。提議得著眾人支持，佇郭珠美、廖明正、李雅彥、林春成、鄭耀溪、曾昆展、蔡丁源等濟濟熱心同鄉合齊策劃下，「休士頓台灣語文學校」成立。學校發展足緊，場地遷徙多次，同鄉感覺著愛有永久校址。專家建議先成立「休士頓傳統基金會」，公開募款，濟濟人認捐，最後買著即馬的「休士頓台灣人活動中心」，演變成堅強的台美人社區。佇過程裡，來福參麗雅攏積極參與。

紲落來，來福主辦 1986 年「美南台灣人夏令會」。彼年，美麗島事件受難者高友明牧師及呂白蓮連紲出監，來夠美南夏令會演講。參加人數破歷年來的紀錄，大會鬧熱滾滾，歡迎美麗島受難志士。

彼幾年，來福也舞甲那墨西哥灣的海湧，聲勢誠猛；休士頓大大細細的代誌攏來，佫担任「台灣人公共事務協會(FAPA)」的中央委員，紲咧是「台灣革命建國聯盟」的中央委員。伊嘛定定開車北上德州州政府所在地：奧斯丁(Austin)，參德州大學的台灣學生拍球， 以球會友，宣揚台灣革命建國的理念。

1980 年代中期以來，台灣革命聯盟少壯派拼出頭，將您參國民黨校園爪耙仔對戰，所累積的經驗，配合台灣島內愈來愈公開化的抗爭，1988 年美國本部主席陳培弘提出遷黨回台的大戰略。著愛先衝破烏名單入境的路障，盟員查甫人目標傷過顯明，所致，用盟員牽手查某人拼頭陣，施麗雅闖關成功兩擺。頭一擺，1988 年作伙分路闖關的人權女鬥士陳翠玉，煞病死台灣，誠互人唔甘；頭一擺佫有當年證婚的周福生的夫人羅清芬，亦有當年人權會友劉紹志的夫人陳津津，三人代表台灣革命聯盟，佇街頭示威遊行，控訴烏名單這款無人道惡政。

1989 年鄭南榕出版台獨分子許有楷的《台灣憲法草案》，國民黨政權祭出叛亂罪，4 月初七軍警包圍出版社欲掠伊，伊捍衛言論百分之百自由的理念，自焚以死抵抗。1989 年 6 月初，台盟美國本部主席陳培弘協調蔡來福闖關，為台盟突破「烏名單」踏出第一步！

電話囥落來，來福也心肝窟仔滾捲，心內躊躇不定。

年初已經安排歸家 8 月欲去核羅里達渡假，參第二查某囝羅蓮講好，欲慶祝她十歲生日；時夠，欲遊廸士奈樂園、海洋世界。羅蓮是敏感的囡仔，取消恐驚她擋未稠；查某囝失望的眼神，來福嘛歹承受。

來福也是台盟美國本部中央委員，國民黨政權掠定台盟是叛亂組織；萬一去互國民黨摠去，嘛難料下場是怎款，誠煩惱可能對家庭帶來的危險性。

佇 7 月中旬，鄭南榕遺孀來休士頓演講，講述南榕以死捍衛言論百分之百自由的信念，對伊的心志，她作牽手嘛只好成全伊，南榕的毅力，事實上，她嘛無辦法抵擋。

台腳來福聽甲目屎直直流……決定接受挑戰，將親情囥一邊，潦落去！

出發前一禮拜，來福也將一家四口灶叫作伙，宣布伊受公司之命，著愛去非洲出差一個月，不得不取消全家渡假的計畫。講紲，來福也唔敢看羅蓮半目，羅蓮恬恬行入去房間，一面行一面用手揉目珠。

佇 1989 年 8 月初一飛夠桃園機場，順利入境，佇台灣各地來來去去，遊踅十統日。佇十二號出現高雄召開的「世界台灣同鄉會(世台會)」，驚奇，喝叫聲，炒熱大會，會場噗仔聲足足拍一分鐘。開始十外分鐘的演講，來福也將台灣革命建國聯盟介紹講詞全部放棄，集中講述：「為怎樣欲台灣獨立！」司儀謝長埕呵咾：「講甲有夠歹！比我佇美國時，聽伊講的，佫卡歹！」有黨工走過來，參來福也講：「真讚！真讚！講出我 40 外年來的心聲。」來福聽了誠爽。

世台會結束，隨趕夠雲林虎尾演講，然後一路向北，夠台北中和參加民進黨候選人演講會，8 月 16 佇林家 1980 年血案的義光教會結束闖關回台拜訪團行程。紲落，往雲林斗南、彰化、桃園、嘉義、北港、台南市、台中市、台北士林、通霄、南投、台北枋橋等等所在，公開演講，主題攏是：「衝破烏名單，獨立建設新台灣」。街頭演講台獨，島內台獨志工人人那像八家將開路、宋江陣圍咧，全力護衛。全台灣走透透，演講再演講，來福也攏未忝厭，足足有兩禮拜，愈演愈有鬥志。高潮是士林廢河道彼場，人山人海，一入場，黨工隨將來福也扛佇肩胛頭，人人伸手來握來福也手把，熱情流過手心來，那像是逐家生命相偎咧，直通心肝窟仔，鼓舞來福「愛拼才會贏」情緒及心志。

事實上，彼場演講會的士林廢河道，道是五月鄭南榕出山的場所。

8 月 27 坐盧修一立委的車，欲赴陳林法學會參青年學生演講台灣獨立問題，車受著霹靂小組、便衣警察、軍警包圍。李俊雄律師欲解圍來協調時，窗仔門開一縫，軍警精準射入催淚彈，無法度喘氣，不得已開門；隨被軍警掠著，目鏡弄破，倒眼骨及倒面受傷；隨夆押送桃園機場，三點鐘後，被押上班機飛夏娃伊意。蔡來福一身人，無行李，無錢，來夠烏亞夫的雨諾魯魯國際機場；無護照，單單一張駕駛執照，飄翩踏上美國國土。

佇台灣南北舞欲一個月，來福連台中家門嘛無踏入半步！

青峯看著《台灣公論報》報導來福也回美國矣，隨拍一通電話。

「來福也，你奈遐厲害，竟然大大範範入境！」

「我用美國護照，英文名 Robert Tsai，中文清彩號蔡正郎。」

「按呢，敢騙會過？驗關的人會根據生日，抽出相片，假名嘛無效啦。」

「看來，你誠內行。我是改頭換面，護照鬍鬚，本人嘛鬍鬚。」

「來福也，當初你問，參生分人按怎講台獨，我道猜測你欲闖關回台。」

「佛桑，除去麗雅，我啥物人攏無講，連羅蓮嘛唔知，保密。」

「彼時，我拄咧趕論文，無法度參你細談怎樣參生分人講台獨運動。」

「其實，嘛無啥要緊，咱平常時仔，這款議題攏談過。」

「佇差不多共時陣，我嘛唯日本轉去台灣。」

「哄，去日本創啥？」

「阮台灣文學研究會，佇東京郊外的筑波大學開年會。」

「敢有發表論文？」

「發表一篇：〈唯詩歌裡看台灣原住民歷史佮生活〉。」

「內容是啥？」

「數百年來，平埔族及高山族佇漢移民的逼迫下，土地失落悲哀史。」

「漢移民趕原住民，佫來日本參中國政權殖民台灣人。啊，結論是啥？」

「原住民族群解放是台灣民族解放的第一步。」

「講了誠著！嘛可以講，婦女解放是台灣民族獨立的第一步。」

「是，你早道唯家庭作起，家事包辦一半卡加，好翁婿的典範。」

「你轉去台灣創啥？」

「阮台灣文學研究會歸團去南鯤鯓，參加塩分地帶文藝營。」

「你大學時代道興文學，即馬互你行出一條無共款的運動路線。」

「道是佇文藝營，知影你佇世台會現身，替你歡喜，替運動歡喜。」

「是啊！縖一條『台盟中央委員蔡來福』綠色彩帶，遊行演講，有夠爽！」

「群眾反映啥款？」

「國民黨抹烏咱是青面獠牙恐怖人物，但是，群眾是熱烈歡迎！」

「看著報紙上你夯正手、擲拳頭母的姿勢，面笑笑，誠猛！」

「你走文學路線，我嘛得著啟示，明知唔是唱歌腳數，改編勸世歌。」

「你大學時代道咧編校友會刊，寫嘛唔是外行，你按怎改勸世歌？」

「我改作台獨勸世歌，一路唱，群眾嘛人人學咧作伙唱，炒熱鬥志。」

「恁厝的人敢有來看你？」

「有啊，爸母及小妹攏趕夠高雄，相會；您憂頭結面，媽媽唸我插代誌。」

「難免啦，媽媽疼囝，總是驚出代誌。」

「是啊，互您遣送出境，媽媽哭，夠我拍電話轉去，攏無停，足足哭二十點鐘。」

「台灣歷史裡的爸母心，流未了的目屎，無停的哮聲，世世代代，何時了！」

這綴 1989 年闖關回台灣，加深了來福也献身革命建國的腳步。

有影，有詩篇作證，〈伊是拼生命〉：

鮭魚回鄉烏名單擋路，

伊來福也有好計策，

衝破天羅地網，

面對軍警街頭宣揚台獨，

伊是拼生命。

來福無閒石油工程，各地出差，1991 年秋甚至去一綴中國新疆；佇北京飛夠烏魯木齊，坐車深入沙漠，為艾克森公司深入掌握新疆石油開採的資訊。

晴天霆雷公，1992 年春傳來，來福身体各樣，仙檢查無症頭，誠是烏魯木齊！

台盟美國本部主席楊友昌咧揣繼承人選，各地觀察盟員條件，最後，相準蔡來福。參麗雅詳談之後，隨足阿莎力答應楊友昌的邀請。經過票選，得著美國本部主席位置，佇 1994 年 5 月上任。思考伊家己身体狀況，無可能頭路參台盟主席兩項攏來；所致，將頭路辭掉。台盟已經佇 1992 年成功破解烏名單，遷黨回台。來福也擬定兩項工作，第一、精選學生盟員入盟訓練，為學成回台鋪好路，第二、台灣文化語文運動，推出台灣公論報的台獨專論系列，參用台語寫社論。青峯雖然唔是盟員，先後嘛寫有三十外篇台語文，兼獨一無二的一篇客語文社論。

日子誠緊過，青峯繼續無閒公司空課，下班時間專心咧研究台灣文學史，寫台語文學評論、台語詩、台語散文。

佇 1994 年 2 月初一，青峯參加台灣筆會主辦的「第二屆台灣文藝營」，在陽明山嶺頭山莊舉行，主講者有葉石濤、黃昭堂、李能棋……等等十統位。許青峯主講〈台灣文學概論〉。四工會期佇初四早起結束，下晡趕落台南，往南鯤鯓舉行的「第一屆台語文學營」，2 月初六開營，伊主講〈走揣台灣文學語言〉，兩篇講題攏是用台語文寫成的。這兩場攏有碰著清華大學的文學教授呂明昌，歡喜相談。這年拄好是賴和百年冥誕，台灣學者陳萬裕，林瑞芳參呂明昌共同策畫紀念會，佇清華大學在 11 月 25 召開「賴和及伊共時代作家——日據時期台灣文學國際學術會議。」呂教授邀請許青峯參加，青峯交互大會一篇論文：〈賴和文學的語言演變〉，該篇論文分析賴和小說寫作，唯華語文走向台語文的過程，這篇是戰後第一篇用台語文寫的學術論文。

1994 年第一擺民選省長，號稱四百年第一戰，陳定南代表民進黨，對抗國民黨的宋楚瑜。蔡來福招親密盟員簡長杉回台助選。陳定南是簡長杉宜蘭中學志友，1987 年，陳定南對抗王永慶六輕宜蘭利澤工業區設廠，世紀大辯論，簡長杉安排美國台灣人環保專家，提供資訊支援，破除財閥攻勢，維護宜蘭青山綠水家園。

佇 1994 年 11 月初六，來福、長杉您開一台由台中台盟支部撥出來的「台獨戰車」，向南往彰化、雲林、嘉義、台南、高雄、屏東；這，拄好是 1963 年參蕭宗仁腳踏車行程的反方向。進入台南地段，唯塩水掃入古早的鐵線橋(新營)，茅港尾(下營)。來福唯遮掃往六甲鄉，再摳過來夠麻豆地區，佇水掘頭開講。然後，行麻灣大橋，橫過曾文溪，佇曾文崎起來，掃過許青峯的血跡地灣裡鄉曾文寮，沈光文遺跡地社內；順著進學路來夠灣裡街仔慶安宮，宮內有奉祀沈光文神像；來福也想著，沈光文雖然時時咧思念家鄉浙江，但是，終其尾，嘛不得不接受客觀的人類移民規律：佇灣裡鄉落土生根。離開灣裡街，行往古早的新港社(新市)；轉進大目降(新化)，社會主義文學家楊逵故鄉，1915 楊逵作囡仔時，唯門縫看著日本軍警大隊伍開往噍吧哖。唯新化往東走拔馬(左鎮)，北上噍吧哖(玉井)。佇玉井，特別將台獨戰車開上虎頭山，佇余清芳紀念碑敬拜，領受 1915 年噍吧哖革命血氣。然後，搬過烏山，進入高雄甲仙，1915 革命起義地之一；古早原住民的部落，芋仔一向是南島語族主食；佇甲仙宣揚陳定南政蹟，歇睏時，食甲仙出名的芋頭冰。紲咧，進入詩拉椰族小林村，探訪 1937 年抗日史蹟，再南行至內門鄉，車停紫竹寺邊，宋江陣的大本營；伊來福也猶會記持，五年前，闖關回台時，一路互志工那宋江陣保護的陣勢。內門是沈光文佇 1665 至 1673 年避鄭經追殺之地，嘛是朱一貴 1721 年起義大本營。所致，來福參長杉特別入來內門一綴，遙想歷史痕跡，集氣建志傳承。

足足助選演講一個月，出入一般宣傳人員真少夠偏遠地區，宣揚四百年第一戰意義，鼓吹台灣獨立建國出頭天，著愛票投包青天陳定南。一路攏是來福也咧開車，簡長杉後來講：「奈知？伊身體已經未堪得，唉！彼時，伊窮實無適合按呢透支体力！」

佇 1994 年 11 月 28 賴和紀念學術會議一煞，隔早許青峯坐火車，回南部故鄉曾文寮，隨聯絡著黃耕蓮，佇 12 月初一來夠南鯤鯓棣榔山莊。佇 70 年代，耕蓮早就參文友年年佇遮舉辦塩分地帶文藝營。蔡來福參簡長杉頭一擺來南鯤鯓文學聖地，由黃耕蓮盡塩分地帶地主之禮；四君子圍爐夜談，話選舉，嘛立志傳湠台語文學香火。

當然，四君子這款夜談唔是初次。

二年前，1992 年熱人，許青峯安排黃耕蓮來美國一綴，參加各地台灣同鄉夏令會，參社長林宗仙作伙來宣揚《蕃薯詩刊》台語文學。佇美東夏令會，一場「台語詩座談會」，由許青峯主持，炒熱大會對台語文學的熱情。青峯隨接著台商一張一千美金的支票贊助《蕃薯詩刊》。另外，學生向青峯要求加辦一場暗暝座談，指定由總編輯黃耕蓮開講。詩人黃耕蓮詩會吟，歌會唱，鋼琴會彈，彼暝隨教眾人羅馬字初步入門學台語。一暝吟、唱、彈、講，㾀夠半暝。青峯最後，不得不喝停，因為傷晏啦。

美東台語文學座談會轟動夠大西洋東爿的歐洲。所致，1994年，歐洲夏令會邀請黃耕蓮參林宗仙走一綴台語文學歐洲之行。事實上，早一年，佇 1993 年，青峯道來歐洲朝拜過，探訪西歐各國民族文學發源的山川地理人文。這年是台灣文學研究會成立第 11 年，佇戒嚴時代，1982 年秋天成立，研究會發揮伊佇海外出聲研究的任務，召集人謝里發參秘書郭淑美徵求會員看法，逐家決定結束。所致，選定歐洲開最後一擺年會，會址選定維也納，參歐洲台灣同鄉夏令會共場所舉辦。青峯將多年研究，用台語文寫成一篇〈演變中的台灣文學語言〉，佇年會宣讀，結論是：「因為殖民地運命，台灣文學的用語一再脫離母語，八十年代以來，台語文學愈行愈旺。」年會後，參加同鄉中歐旅遊，這團由台南一中同窗邱上義主辦兼導遊，許青峯參上義自畢業未見過面，足足 31 年，遊覽中，他有講未了的話。

旅遊團拜訪布拉格，特別去參觀布拉格城堡，堡邊狹窄的黃金巷 22 號，是猶太人文學家卡夫卡故居。卡夫卡老爸是愛錢那命的商人，典型流浪歐洲各國的猶太人，卡夫卡三個小妹攏死佇希特勒的集中營。參觀團紲咧遊德國，特別去憑弔達召(Dachau)猶太人集中營；總共 600 萬死佇集中營，流浪歐洲各地經濟動物猶太人覺醒，認真回復母語希伯萊文。戰後佇父祖之「巴勒斯坦」嘉南地，1948 年回復以色列國，定希伯萊語作官方語。猶太裔美國人熱烈捐款，甚至回以色列參與多次戰爭，包括 1967 年以阿六日戰爭。佇達召集中營，青峯想起，1947 台灣人受著 228 殘殺，菁英死亡上數萬人，台灣人夠今猶佇台灣本土茫茫渺渺，佇世界各地流浪，包括歸帆的海外經濟動物台商。

參觀團最後歸團去瑞士，7 月 30 中晝，來夠古早瑞士民族英雄威廉哲呂 (William Tell) 神射蘋果的小鎮 Altdorf，同窗上義特別掣青峯去行踏「呂勝湖」湖邊地，哲呂射箭後逃脫的路草，划船脫身。

遊過哲呂反抗貪官總督戈斯勒 (Gessler) 的小鎮 Altdorf，風雨欲來，人人緊上車。

兩台遊覽車行上瑞士 Alps 的山路，風雨拄過，兩道彩虹重疊出現佇車前青翠山崙，導引遊覽車向前行。彼當時，青峯起稿寫一首台語詩〈鄉親〉，紀念 62 位同鄉做伙旅遊的情意及心志。彼暝佇瑞士小城鎮的 Hotel St. Georg，伊將詩稿抄在旅舍批紙，隔早影印一份。

近代歐洲民族國家紛紛出現，濟濟民族語言大開母語文學花蕊。31 號早起車行向奧地利的恩士堡，10 點外，青峯吟出這首〈鄉親〉台語詩，下面是其中三節。

咱是一台文化遊覽車，
那像粒粒燒肉粽，
縛縛作一揹，
出現佇近代文明的歐洲。

咱是一群文化蜜蜂，
飛過歐洲文化花園，
採土地及人文蜜汁，
學瑞士族群和諧秘密。

咱遙想祖國台灣，
面對困境，
醞釀台灣母語新文化，
風雨會過，
天也會出虹。

台灣民族母語音聲飄向同鄉，也傳夠歐洲青山綠水，他見證一個新生的台灣民族文學，專程來探訪近代民族文學聖地。吟煞，將詩稿獻互同窗邱上義，紀念畢業後 31 年再相會，嘛感謝伊這擺勞苦摯團，佮伊長年恬恬奉獻為台灣人出頭天。

照例，青峯將伊的研究會宣讀的論文〈演變中的台灣文學語言〉及詩〈鄉親〉影印一份，送來福也參考紀念。

將時光機器挽轉來，回夠 1992 年，佇新英格蘭的麻沙周西州立大學舉行的、美東夏令會場景………

1992 年美東夏令會結束，應各地同鄉要求，青峯叫牽手明珠家己摯查某囝先回嶺谷鄉。青峯另外租車，摯咧，往西 200 外英里，暫去紐約州府城 Albany 的戀世利理工學院，再往西佫行 200 百英里至紐約州立大學水牛城分校，各辦一場座談會。紲咧，落南約 300 英里，來夠青峯徛居地，賓州西部的嶺谷鄉，就近佇匹茲堡辦一場。三場攏受著熱情捧場。

紲咧，黃耕蓮、林宗仙您飛往美東南夏令會及美南夏令會。會後，佇休士頓停欲近一個月，滯佇簡長杉您兜。簡長杉參黃耕蓮是大細仙，耕蓮牽手明潤作伙來，參阿姊明玉共款，離開宜蘭故鄉有欲 20 年，攏無見面。這斗，一個月裡，兩姊妹仔有講未了的宜蘭話，細仙耕蓮單操台南腔，該當然，拼輸三仙笋笋暖暖的宜蘭腔。

道是這綴 1992 年宣揚台語文學之行，蔡來福參黃耕蓮初次相會休士頓，所致，1994 年 12 月南鯤鯓之會是紲攤。

講起文學，早前佫有一線緣。

1986 年小說家林燕德來美參加台灣文學研究會年會，青峯安排伊幾段行程，往各地同鄉會座談演講，嘛來夠匹茲堡郊外的嶺谷鄉，談起您咧安排發行《台灣新文化》雜誌，這時拄好是戒嚴解除前夜，嘛是民主進步黨成立之時；您欲進行一個台灣新文化運動，促成政治參文化的對談，完成一個有血有肉的台灣人「去埃及、入嘉南地」的新時代。這份刊物由 10 位核心文學人士出資，由前衛出版社發行。許青峯一聽，誠興奮，這拄好是青峯 1979 年選定的目標：「唯文學切入去，參與台灣民族解放運動。」

1978 年，青峯開始研究台灣文學史，訂閱當代台灣文學刊物：《台灣文藝》、《笠》詩刊、《文學界》。1983 年春受邀請，加入

1982 年秋成立的「台灣文學研究會」。參加 1983 年 8 月的年會，主持其中「文學之史」研討組。1984 年受秘書長陳豐明拜託，安排來訪作家，往各地同鄉會作交流演講，當然目的之一是募款，支付來訪作家的旅費。青峯透過台灣左派「台灣時代」組織網，成功安排 10 統城市的演講行程，完成一擺熱火火的文學交流；對來訪作家李能棋台灣民族小說家參楊三直勞工文學開拓者來講，是一擺面對面感受在美台灣人的獨立建國心志，對在美政治掛帥的台灣人是一擺文學另類戰線的啟示。這擺行程安排完成募款任務，嘛打响青峯佇台灣文學研究會的影响力。自然，佇 1986 年在林燕德的見證下，青峯無在場的背景之下，佇加州舉行的年會裡，被推選作文學研究會的秘書，任期唯 1986 至 1988。

一旦聽著《台灣新文化》雜誌欲成立，青峯馬上要求加入核心，以美金 3500，等於新台幣 10 萬的加入費，交互林燕德，講好是暗股。當林燕德去夠美南夏令會時，見著夏令會召集人蔡來福時，問起，敢知影許青峯是何方人物？來福細談青峯背景，左派路線。聽了，林燕德講：「青峯奈煞無自我談起背景？」來福笑笑回一句：「伊唔知你熊抑是虎。」

青峯多年文學沃水，夠遮來，開始抽笋長大開花。

隔年 1987，小說家廖偉萊在許青峯安排之下，來美參同鄉作文學文化交流座談，在美期間，林燕德唯台灣拍國際電話來揣偉萊，青峯接著電話，伊講：「情治人員表示，你是誰，咧創啥，您攏知知咧。」

1988 年，許青峯以商務出差名義，取得簽證；將來美訪問作家林英仁參畫家陳萊旺全美行程安排好勢，佇七月尾，初次回鄉；離開台灣 21 年，阿公彼代人全部消失。商務結束，佫留三禮拜，順紲，參加《台灣新文化》雜誌的巡迴演講會，唯台北一路落南，佇台南這場，安排佇佳里舉行，初次參黃耕蓮在會場見面。隔年，在南鯤鯓塩分地帶文藝營再相會，拍開後來年年相會，進行文學交流。

回頭轉來 1994 年 12 月初一的台語文四君子會。

四君子會另外一個主題，當然是四百年第一戰；蔡來福預測，陳定南會輸，佫是輸甲脫褲。講煞，逐家攏足忝矣，也無問伊怎咧按呢講？隨人睏去。隔工，各人奔向故鄉，來福回台中，長杉轉宜蘭，青峯過溪回溪南曾文寮，耕蓮就近回佳里興潭仔墘。

1994 年 12 月初三，票投出來，陳定南只得 39%，大輸對手宋楚瑜的 56%，來福的預測證實，無疑誤。

1994 年 12 月初十，拄好是聯合國世界人權日，美麗島事件 15 週年，來福唯休士頓拍來一通電話。

「我誠好玄，你預測陳定南會輸甲脫褲，根據是啥？」青峯問。

「助選期間，我看著聽著誠濟怪事。」來福穩穩仔講來。

「噢，啥怪事？」青峯好奇。

「孫仔欲食細食，向阿公講：『我要吃香腸。』阿公問：『你咧講啥？』」

「噢，華語對台語，有聽没有懂。」青峯凋故意台語插華語。

「您是一家伙仔三代人，查某囝講：『多桑，阿雄講伊欲食煙腸啦。』」

「噢，查某囝作翻譯官，是有一寡怪啦。」

「助選中一再拄著，台灣人爸母家己講台灣話，参囝兒煞攏是北京語。」

「著愛回歸母語，所致，我從事台語文學寫作；啊，講來話長。」

「是啊，你一向誠認真咧唯文學落手，揣一款另類台灣民族獨立運動路線。」

「著啊，你嘛足先進，1986 年設立『休士頓台灣語文學校』，教台語。」

「推捒台語母語教育，是欲繼承台獨先輩王育德母語運動精神。」

「前有王育德，後有蔡來福，難得啊！獨立運動誠欠語文人物。」青峯呵咾。

「你免客氣，你遐的民族母語文學論文，誠有啟示性。」來福也呵咾倒轉來。

「敢有影？」

「促使我去看西歐各民族文學作品，親像哥德的《浮士德》。」

「噢，《浮士德》，有意思。」青峯應一聲。

「是啊，德國民族文學裡，上界優秀的作品。」來福也口氣誠欣賞。

「有影，哥德這抱名作是德國民族文學的經典基石。」青峯嘛同意。

「是啊，寫活浮士德枉有一流學問，竟然甘願出賣靈魂互魔鬼梅菲斯特。」來福強調，紲咧講：「母語是民族靈魂，出賣母語，道是出賣靈魂。」

「按呢講來，台灣人著是咧出賣靈魂咯！」青峯隨口接落去。

「是啊，一個月助選落來，這，道是我的感慨：『靈魂是無價之寶，道咧賣啦，啥物未使賣之！』」來福講甲誠氣足怨嘆。

「有道理。」青峯講來感覺悲哀。

「所致，選票俗俗二百五嘛可以賣啊！政策買票佫卡幼路！」來福點出竅角。

「噢，原來，你是按呢預見，陳定南會大輸，厲害，厲害。」青峯佩服。

「受壓迫的民族無悲觀的權利，出賣靈魂的民族，猶是可以救轉來。」來福無放棄。

「浮士德後來得著知慧：『人著爭取自由，才會作主人生存。』」青峯講。

「出賣母語的台灣人，著愛救回母語靈魂，作主人自由生存。」來福接過。

「哥德筆下的浮士德，最後脫出魔鬼掌握，無墜落地獄，是上天堂。」青峯點出。

「佛桑，咱來辦一場北美洲台灣語文營，你想按怎？」來福出招。

「好啊，可以唯耕蓮您南鯤鯓台語文學營取經。」青峯接落來。

「節目、演講者等等你策畫，場所安排，我請長杉以休士頓小組負責。」來福定調。

計畫中的台語文學夏令會，是蔡來福語文運動路線的第二項空課，第一項是《台灣公論報》社論用台語文來寫。為著積極推揀運動，蔡來福親手掌報社發行人。台語文寫社論佇 1994 年 10 月開始，已經進行 2 個月，反應未䆀。來福也嘛有寫一篇〈語言工具論的陷阱〉，強調語言不只是溝通工具爾爾，使用殖民者語言，是自願作奴隸；堅持家己的民族語言，道是堅持家己的民族認同，才會脫出殖民地奴隸仔命。

不而過，台語文寫社論有反對聲音，佫是來自台盟盟員。每個月中央委員電話會議裡，有中委出來反對，初初點夠為止，尾後，愈演愈火熱；來夠 1995 年 6 月尾，火煞焯起來。

「台語文社論，讀者看無，失去功能。」林成木指責。

「我贊同林成木中委講法。」李重興呼應。

「目前標記猶未統一，一人一套，亂紛紛，無適當推動。」佫是林成木放炮。

「編輯部有反映，針對台語寫的社論，有中國人拍電話入來罵。」來福舉例。

「奈有可能，佗一篇？」成木參重興二人同齊出聲問。

「舊年一篇〈為『中央研究院』換血〉，批判有院士放中國文化毒，著愛清清咧。親像當年清掃國會的萬年老賊。」來福回應。

「彼只是孤例，我猶是反對。」牽手教台語文的林成木猶是堅持。

「咱攏堅持開會用台語，奈煞華語寫文章，敢唔是路行一半？」李進發冒一句。

「飄翩台語演講革命，上報紙煞成華語文；這是啥款的革命啊？」主席無客氣批。

「主席兼公論報發行人無妥當，你應該辭發行人。」李重興猶是踏誠硬。

「咱欲革命，學習台語文閱讀，嘛是考驗咱自我革命決心有無啊。」李進發講。

這擺會議，兩點鐘時間，陷入爭辯台語文寫社論的正反看法，誠濟議題煞攏無法度討論。會後，林成木參李重興共同發出一張公開批，反對台語文寫社論，傳真互各中委。所致，來福拜託青峯撥工擬一份主席回應。

事由：針對關切及抗議用「台語文」寫社論的回應

我完全同意李重興及林成木中委的講法：「沒有必要將自己定在單一語言的体系內。在獨立運動的大目標下，推廣語文，包括福佬語系、客家語系、原住民語系……。」所致，咱增設台語文、客語文寫社論。今年四月初的決議：「推行台灣文化及加強原住民文化的復興運動。」這是一項了不起的決議。語文是文化的載体，南島語，客語，台語攏應該自由發展。佇台獨先輩王育德台語研究成就的基礎下，咱著愛將台灣語文發揚光大。

台灣民族欲出頭天，著愛政治、經濟及文化攏獨立。夠今，政治民主化得著初步成果。八十年代以來，原住民南島語、客家語及台語突破北京語的優勢壓迫，表現佇地下電台的母語發聲，參書面母語文的發展，主要表現佇文學作品。領導革命獨立建國的本聯盟絕對著愛面對，未使宓佇群眾的尻川後。

主席蔡來福，1995.6.30

這張公開批暫時化解一股反對勢力，穩定策畫好，進行中的「北美洲台語文夏令會」。決定由「台灣革命建國聯盟休士頓支部」主辦，協辦單位有「休士頓台灣同鄉會」，「休士頓台灣人傳統基金會」，「台文通訊」，「民眾日報」，「蕃薯詩社」。主題：「嘴講台灣話，手寫台語文。」許青峯設計大會各項節目，發函邀請演講者，設計報名表，全美各地，加拿大，台灣南北攏有專人接受報名，大會論文截止日期，徵文比賽文稿由許青峯集中，唯四月份道已經開始接受投稿，先佇北美「台灣公論報」及台灣「民眾日報」發表。

報名人數約 90 名，7 月 13 佇休士頓賴瑪達旅社(Ramada Inn)報到，有台灣來的，嘛有加拿大的，主要是全美各地。下晡五點開始一場：「千里有緣喜相逢雞尾酒會」，6 點暗頓，7 點開幕典禮，蔡來福歡迎逐家來參加。講煞，隨分組進行台語詩，散文及小說唸讀，有客語亦有台語。

第二工，7 月 14 佇「休士頓台灣人活動中心」舉行，蔡來福主席簡短致詞：

語文是民族的根，無根民族枯礁死；語文是民族靈魂，出賣靈魂無救。台獨先輩王育德有遠見，研究台語文。可惜，夠今，誠濟人雖然堅持嘴講台灣話，竟然是台語文的文盲。我過去，道是台語文盲，兩年前，開始學習台語文，即馬會寫會讀台語文。改變了過去演講時，唯華語稿變成台語發聲的礙虐。誠歡喜各位台語文先進，來參加北美洲有史以來，第一擺的台語文夏令會。希望，語文運動參政治運動透過這擺的交滙，共同出發，脫胎換骨，肌肉血脈暢通，互咱台灣民族獨立運動，此去，行入一條新而勇健的大路。

開幕式簡單莊嚴。

賴永松哈佛燕京圖書館館長、主講〈教會歷史參長老教會台語文學文獻〉，傳教士以台語向台灣人傳達基督教福音，互唔捌漢字的台灣人，嘛有法度讀羅馬字拼音的台灣白話字。另外，紹介伊收集的三抱白話字台語小說：《出死線》、《俺娘的目屎》、《刺仔內的百合花》，上早的是 1920 年代的作品，比起台灣新文學運動時期，用漢字寫的台語文學作品早上十年。可講是這場台語文夏令會的一大好消息，一款台語文學福音。

許文華教授比較文學博士，論文：〈台灣民間的白蛇傳參英國文學的比較〉，論證台語文學參英國文學的民族內涵的同及異，真難得，初次有人以比較文學的角度，來分析台語文學作品，誠有台灣民族啟示性。

李進發攻語言學博士，負責社論台語文寫作協調。伊發表〈台灣語言政策參獨立建國〉，主張客語、南島語、台語及北京語，四大族群語言平等，應該攏作台灣國家語言。

施炳文教授台灣來，主講〈台語文學的困境佮發展〉，台語文學猶幼芷，但是充滿著希望；逐家著來栽培，成就千秋大業；伊鹿港腔分析南管文學美學，人人耳仔覆覆欣賞。

黃耕蓮主講〈台灣語言的文學性格〉，分析台語的水：古典優雅、七聲九變富音樂性、意象語厚佫活跳、海洋性格消化外來語，伊結論：著愛創造有尊嚴、有血、有目屎的台語文學。

簡長杉誠積極準備夏令會，寫一本《簡勇自賞集》，有散文、詩、小說、政治評論，當場參聽眾分享。伊主張提升口語化台語文夠學術化書面語。

加拿大來的小說家東爿雪主講：〈命定的台語文學寫作〉，參眾人分享台語寫作的甘苦談，現場唸讀伊的台語小說：《雅語雅文》，有人問伊的《湧淘沙》愛情花絮。

陳清風導演來自詩卡伍，伊是 1970 年代《台語月報》創辦人之一，主講：〈台灣戲劇對促進台語文的探討〉，用伊編的虎姑婆布袋戲，展示戲劇台語之美。

加拿大來的小說家陳雷公演講：〈知識分子——台灣母語文學的負責人〉，強調作家著愛跳出殖民語文的陷阱，用台語寫台灣文學，將文學挽轉來台語文學之路。

大會期間，有白話字教學，嘛有詩、散文、小說唸讀，台語文電腦書寫系統紹介，由加州來的鄭隆光恁「台文通訊」一帆的社友，參紐約來的陳柏川恁「聰美基金會」會友，恁共同主持，分組進行。主持者攏是各方面的專家，功夫一流，牽引眾人學習熱度，人人學甲足趣味。恁兩單位嘛大力贊助大會財務，功勞誠大。

第四暝有一團台南市參高雄市愛樂婦女合唱團，由聲樂家黃東海帶團兼指揮，原汁原味台語風味民謠，另外有十五首現代台語詩所編歌謠，攏是由黃東海親身編曲，包括許青峯的一首〈你莫去〉：

想講，你莫去，
料未夠，一去二十年。

聽講海外有烏名單的飛鳥，
敢是那像，
曾文溪埔飛天的烏秋？

恁內公外媽時常問起，
夠九十外，
猶原無影，
您只好先轉去。

想講，你莫去，
想未夠，一去二十年。

夠今，
猶原是，
失蹤的烏秋。

首席女高音王淑英唱來，帶出許青峯目珠一線水珠，洗未了對老母虧欠之情；蔡來福坐佇邊仔，手貼青峯肩胛頭二、三下，輕輕仔那有那無，不而過，猶感受會著伊的心意。

四暝五工的夏令會結束進前，許青峯主持討論，最後達成大會聲明稿一份如下：

早年，因為國民黨政權長期 e 戒嚴，致使台灣獨立思想及運動無法度 ti 島內公開宣揚及推展；海外台獨運動扮演著 ia(掖)種 e 角色。今仔日，ti 海外 e 第一階段 e 政治民主化任務已經完成。

台灣民族國家建國運動需要政治、經濟及文化攏完成獨立，今仔日是落實深入台灣文化獨立運動的階段，來展開政治及經濟獨立運動 e 層面、內容、形勢及力量。

台灣獨立 e 政治形勢大好，但是真濟有台獨意識 e 人欠缺語言文化 e 自主意識，致使歸個台灣維持華語華文獨霸 e 局面。

台灣實施單一國語 e 語文政策，壓制本土各族群母語文 e 發展，即款政策違反人權，迫害母語權，剝奪台灣人 e 語言祖產。

阮要求：(1) 立法實施台語母語文教育，(2) Ti 大學正式成立台灣語文學系，(3) 將台灣語文落實 ti 台灣 e 教育体制，列台語母語文作入學及資格考試 e 必要科目，(4) 師範學校必須將母語文列入必修科目。

大會結束，青峯看來福誠歡喜誠滿足，唔拘，伊那像足忝。

有詩為證，〈伊是拼生命〉：

文化中國會毒死台獨，
伊看破迷障欲解毒，
帶病拼命推動台灣語文運動，
魔神仔哀哀叫，
伊是拼生命。

青峯歸家唯北部賓州西部嶺谷鄉，迢迢三千里落南來休士頓參加大會；會後，沿著墨西哥灣，向東開去紐奧良、核羅里達的遍沙苦拉 (Pensacola)。

祖國台灣四面環海，休士頓嘛偎海，近墨西哥灣。墨西哥灣那像 U 字型馬蹄鐵，蹄口向南，是處處群島的溪里美安海，面對墨西哥的友卡坦半島及古巴大島；東爿是核羅里達西海岸，北爿包括核羅里達的西北手柄地段、奧克拉荷馬州、密西西比州參呂意斯安那州的南海岸；西爿是德州參墨西哥國東海岸。青峯走這一大輾，參來福也每站暗時攏有電話聯絡。

第二暗，青峯怹一家人佇法國城紐奧良過暝。一通電話中，來福拜託青峯作說客，向麗雅講：「雖然台盟內部，善意抑是惡意的，逼伊的壓力遐呢仔大，伊猶是堅持，無欲辭主席；伊身體猶會堪得，希望繼續做運動。」

第三工，青峯開夠遍沙苦拉海墘，牽手明珠及查某囝水燕參水琳落去耍水，您分別是 16 及 14 歲。您耍甲那海豚仔，有時浮，有時沈，有時恬恬，享受水清清，小尾魚仔哱腳肚的奇妙感覺；有時揣螺仔殼，抑是倒佇海墘白雪雪的沙裡，青峯參您耍一陣。青峯行遍世界濟濟海墘，唔捌見過遮呢白的海沙，白甲那牛奶款的白葩葩，日光下白晢晢；海水湧偎過來，唯藍海藍天難分難解的天邊海角湧來，每一湧攏帶著神秘感。青峯唯海收煞轉來，面向陸地，揣著電話亭，一通電話拍落去，揣著上班中的麗雅，佫一通互來福好厝邊郭茂盛。兩通電話，兩款世界，同時鑽入青峯腦海裡。徛佇海墘，面對墨西哥灣海湧，青峯一時心湧澎湃，久久未定。

三日來，路中墨西哥灣不時入目珠來，許青峯有時停車，專門欣賞藍天藍海。

海湧一陣一陣來，湧退湧起，無停時，一湧過一湧。

想起徛居的賓西嶺谷鄉；行佇胡桃嶺，看著山坪樹尾風裡，枝葉起湧。

湧本誠是水的特性，來夠樹尾起湧，已經漸漸進入抽象的境界。

湧：海湧、水湧、雲湧、稻穗湧、樹尾湧、人生濤湧，青峯看過無盡的宇宙湧。

對青峯來講，上衝激的「湧」道是：這綴，1995 年 7 月天，唯墨西哥灣遙遠的藍天海角，衝夠核羅里達手柄所在，飛奔夠遍沙苦拉海墘的「海湧」。彼是一場百樣千款「湧」的匯合，佇青峯心湖裡，澎湃，湧起，湧落。

一年後，回想起這股湧，青峯寫一首詩：〈湧〉，內底有伊青柿仔款苦澀，佫有青脆梅仔款的鹹酸甜；內疚，安慰，一款矛盾轉化對立統一的情緒。第一節前半段如下：

舊年熱天離別南都，

一路趖過墨西哥灣；

來夠核羅里達的海邊，
海沙白雪雪的遍沙苦拉海墘。
受著你的吩咐，
一通電話互恁牽手，
欲繼續運動落去。
紲落一通互你的好厝邊，
才知影，你已經是氣那遊絲，
只是外口好看頭。

社會運動者的路真歹行，往往是行甲遍體鱗傷，定定是某囝照顧未著，造成遺憾。來福 1989 年熱天奉命闖關，為台灣革命建國聯盟還回台灣造勢，結局將伊參查某囝講好的假期放殺掉；來福台灣來來去去，美洲處處跑行程；可比是造湧的人，湧起湧落。詩篇第一節後半段攏是湧：

徛佇白沙海墘，
看著墨西哥灣的海湧，
來自海天一色的藍鄉；
波浪湧過來、湧過來、
湧過來，湧夠腳頭前。
一湧佫一湧佫一湧佫一湧，
一湧是親情一湧是運動。
親情、運動、親情、運動，
唔知應該揀佗一湧？
海湧依然一湧佫一湧，
湧夠目珠裡，
煞分未清運動抑是親情。

親情及運動上好是兼顧，若是兼顧未著，愛揀佗一湧呢？做人朋友的青峯，煞勸麗雅互來福繼續運動，情勢實在是兩難啊！

佇遍沙苦拉滯一暝，隔早往南趕夠核羅里達天霸灣的清水鎮，已經是黃昏時，參加牽手您家族五年一次的宗親會，二日二暝，然後旅遊三日。青峯一家四口灶千里回航，轉來夠賓西嶺谷鄉。日子恬恬仔過。唯《台灣公論報》一再看著消息，來福也美國各地飛來飛去；一時佇加州，一時佇紐約、費城、波士頓；紲咧飛中西部詩卡伍參愛荷華，再飛美東南亞特蘭大、邁阿密；跑行程募款，為學生盟員入盟宣誓，差不多每禮拜攏有行程。青峯聽長杉講，伊這時洗腰子，捷甲每隔一工洗一擺，所致排行程，兼著安排洗腰子。九月底，費城有朋友傳來消息，伊一面演講，一面焦嗽，一面含冰。

十月初七來福入院，青峯想著十四號去看伊，十三號烏色禮拜五，伊過身。

啊！七月彼段墨西哥灣行程，鋪排出來的，竟然是「天人永隔」的前夜，啊！青峯回想夏令會的音樂晚會裡，來福也貼伊肩胛頭，彼種無力的手勢………

10 月 21 是葬禮，20 飛去休士頓。彼下晡去瞻仰遺容，參來福爸母作伙去，殯儀館裡，阿姆一聲一聲的「心肝仔囝」。

目珠起湧是青峯佮來福告別的一幕，是〈湧〉詩的第二節。

舊年秋天佫來南都，
看無著在生的你，
看著的是你安歇的面貌。
彼日蕃薯仔那海湧，
美洲台灣四面八方湧過來。
有人悲傷有人割腸，
有人目珠起海湧；
阿伯的心肝仔囝，
阿姆的目珠起風颱雨。

半年後，1996 年春天，青峯佫去遍沙苦拉的海墘。面對藍藍的海天，唔知來福佇何方。第三節寫青峯的數念：

今年春天去遍沙苦拉出差，
海沙依然白雪雪。
墨西哥灣照常起海湧，
共款一湧佫一湧佫一湧。
唔知影你即馬佇佗位，
總是道愛講互你知。
你潦過的推揀的語文運動那海湧，
現在是一湧捲一湧佫捲一湧，
湧夠濟濟的美洲的台鄉地區。

來福過身了三個外月，佗著許青峯的腳步，台灣革命建國聯盟美國本部來夠紐奧良，開盟員大會，決議支持蔡來福生前推揀的台灣語文運動，決定聯合主辦第二屆北美洲台灣語文夏令會，施麗雅佇盟員大會說謝。第二屆在洛杉磯舉行，由《台文通訊》負責人鄭隆光策劃主辦，台盟協辦，參加人數比第一屆佫卡濟，一大帆的人唯祖國台灣來；節目豐盛，甚至有台語話劇，由《台文通訊》一帆人演陳雷公的劇本《有耳無嘴》，誠轟動。青峯參呂明昌教授主持「台語文學論」這組，青峯發表：〈歐洲各國民族母語文學發展的啟示〉。

青峯去參加大會的路頂心情，寫佇〈湧〉詩第四節。

今年熱天來美西洛杉磯，
沿路想著你，
雖然活人一半的歲壽；
卻是食人二倍的鹽，
佫是作人三倍的代誌。
真濟攏是驚天動地的事情，
親像用生命感動同志，
促成他對民族母語文的覺醒。
濟濟的人趕來洛杉磯，

參加你開始的母語文夏令會。
台灣民族母語文的將來，
會親像墨西哥灣的海湧，
一湧佫一湧佫一湧佫一湧，
湧裡會看著你的形影；
湧裡會顯示你的生命。

這首〈湧〉佇大會定稿，台文之夜唸讀，唸煞，將詩稿獻互施麗雅，感謝她的諒解。

湧，人生處處有湧，有湧才有生命。

大會決議第三屆佇台灣召開，定稱「第三屆世界台灣語文營」，現場由黃耕蓮接過去策畫。1997 年 2 月佇南鯤鯓舉行，由台灣革命建國聯盟元老張景鍪的「開創文化基金會」主辦。這擺，青峯，耕蓮及長杉是三缺一，來福遠在一方雲深處。開幕彼日，早起十一點差五分，工作人員揣長杉，請伊接一通國際電話。電話講煞上台演講，條理清楚語句清晢；一落演講台，人隨戇戇。青峯偎過去，伊講：「我道愛回美國。」青峯隨挈伊去櫃台，叫計程車，欲去台南機場。越入房間，隨彎身款衫褲，青峯嘛彎落來，這時伊鬧一句：「阮大漢的過身。」青峯無言，只緊將長杉一身人攬咧。

原來，彼通電話是麗雅拍來的，同是運動路頂天涯淪落人啊。

耕蓮邀請大仙參加，拄著即款慘疼局面，耕蓮心疼，青峯嘛只好孤單面對。會議煞，傷心轉來北美嶺谷鄉徛居地，思思念念，唯冬天菅芒飄搖，一直夠四月春天回魂。

長杉回想出發前，有一層暗示：「無風，桶蓋掃落地，輾偎壁角。」這應該是來福也向伊警示，但是，為著趕欲去台灣，煞無注意。長杉一篇祭文：〈哀慟——俊榮〉，夢裡聲聲句句問伊後生，是按怎？是按怎？青峯回應一首詩：〈攬向夢中的恁爹地〉，詩裡向望：「來福也，天頂好好仔照顧長杉大漢囝俊榮。」啊，人生路頂坎坎崎崎啊！

日子咧飛，第四及第五屆世界台灣語文營佇夏娃伊意舉行，由台語文導師鄭隆偉主催，第六屆世界台灣語文營佫回祖國台灣辦，佇 2000 年 3 月初十至十二，佇左營舉行。青峯參長杉唯美洲轉來，進行總統大選文化觀察時，有去語文營參觀及採訪。以後，世界台灣語文營年年佇台灣召開，將近欲有 20 年矣，來福也天頂會誠安慰才著。

青峯問來福也：「台灣人浮士德菁英群，猶有救吧？」

十外外仔年過去啦，來福也猶不時來夠青峯心肝窟仔。

啊！〈無咧想伊〉

無咧想伊，
奈不時徙來，
阮心肝內，
那心神傀隨時？

無咧想伊，
冬風菅芒花搖，
四界走蹤，
伊形影？

無咧想伊，
奈不時飄來，
阮腦海裡，
那天地不遙遠？

佇嶺谷鄉家居，青峯看後埕一遍樹木枝葉蓊蓊蓊，怹佇一款真奇妙的氛圍：靜。

一欉樹靜，二欉樹靜靜，三欉樹靜靜靜；一遍樹林靜靜靜靜靜。

「樹靜」對「無風」，可比人講老僧禪定。唔拘，有所謂：「樹欲靜而風不止」，樹見風起舞。拄著風，舞、抑是唔舞，憑看個人意志有偌強。

青峯，想起來福，拄著人間風，伊人是定原在；拄著親情參社會運動的矛盾，一旦決定，嶄然仔堅定。1981 年美國國會山莊作證，控訴國民黨政權謀殺杜文勇；1989 年闖關回台灣，街頭宣揚台獨理念；1994 年接任聯盟主席，佫回台灣，為省長四百年第一戰，開台獨戰車助選；1995 年開創台語文運動的新時代，創辦「世界台灣語文營」，夠今，年年傳湠。

五月一來，嶺谷鄉百花開，又佫是一個「花搖」「風笑」的季節。

想著來福彼款花搖風笑姿勢，青峯揣出《燭火》紀念文集，觀賞伊參牽手、查某囝笑微微留影，1989 年闖關回台街頭演講的笑容，來福也伊花搖風笑的影相。

花搖風笑的來福花，不時開佇青峯胸坎。

春去秋來，樹笋發蒻，又佫葉落盡；年過又年，嶺谷鄉歲月二十年，又春來矣。

楓回春，新笋及楓籽作伙出現佇枝椏，青峯掠您金金相。

楓籽對生，形那八字，倒撇及正撇各包一粒籽；身那長尾蝶仔，嘛那螺旋槳。

五月尾，眾楓籽準備好勢；一陣風來，楓籽螺旋槳紡踅，蝶仔飛上天，奔前程。

楓籽降落的所在，攏有新欉的機緣。

看著楓籽飛天的姿勢，青峯影著來福也各地掖種籽的氣魄。

蔡來福各地咧湠台獨籽，台語種籽；面對絕症的蔡來福，那像楓籽舞向空中，作最後一場衝拼，愈遠愈好的拼勢；親像李喬小說〈泰姆山記〉的余石基揹一袋相思仔籽，奔向台灣聖地「玉山」山肚；來福也種落台灣語文種籽，待候春風吹，您會遍地抽笋長大。

明年春天楓籽佫再拼命飛舞的時，青峯定著會佫影著來福嘴角含笑拼命的姿勢。

往事悠悠，悠悠往事，………青峯思想起………

來福過身五年後，依蓮醫科畢業，羅蓮大學畢業，兩人攏種著來福唯平埔祖媽留落來的原住民族「自由、平等、博愛」價值觀，去過非洲奈之利亞的部落裡，從事醫護宣教的工作。麗雅轉任公司實驗室亞太區的主任，常常出差視察實驗室的進展；韓國、台灣、泰國、印度、澳洲，甚至南非，踅過半粒地球。公司佇台灣有三個實驗室，其中一個佇西部偏僻鄉村裡，麗雅每擺夠遐，定定想起：「當年來福駛彼隻『台獨戰車』，唔知有來過遮無？」

時序水流無停，青峯來夠退休時；整理檔案，摒出一本無出版文稿，一看是：《第一屆北美洲台語文夏令會紀念文集》。誠遺憾！欠經費，煞無出版，一囥近二十年。

這份文集煞勾出來福也入院夠往生的點點滴滴。

羅蓮去病院看爸爸，來福也神志不清，牽起羅蓮的手。

「羅蓮，咱來去廸斯奈樂園。」羅蓮聽會出爸爸的內疚：六年前闖關回台的失約。

「爸爸，後擺咧啦。」羅蓮當然知影，已經是無啥物後擺啦，心酸唔甘。

宛然空茫裡飄散著，猶太人作曲家馬勒第九號交響曲，第四樂章哀傷、悽涼、烏有聲曲，旋律悠遙迷離，葬式的點點滴滴浮起來；簡長杉沉重嗽聲的祭文，許青峯家己哀悲的祭詩；麗雅，依蓮，羅蓮面貼棺枋；台盟盟旗覆棺……等等的影相；棺柴發引至橡樹墓園，盟旗由盟員收起，疊成神聖三角Δ葵笠仔形，獻互施麗雅，麗雅傳互依蓮；麗雅她一身人彎落來，深情唚落棺枋，送來福也一路寬寬穩穩仔行。

往事悠悠，悠悠往事；青峯思想起………想起施麗雅講：

「猶太人講：『每個人死亡兩次，一擺是肉體的消失，一擺是在人的記持中失落。』對我及兩個查某囝來講，來福生前所互阮的疼痛及歡笑，互伊永遠活在阮心內，嘛伴阮一生。」

「也有人問我，若是『來福』無遐呢拼命走蹤，是唔是道未遐呢緊往生？對這個問題，我窮實無答案。來福著不治之症，伊無愛倒佇眠床頂哀聲怨嘆，伊欲趁猶活咧，做上有意義的代誌，我只好尊重伊。」

往事悠悠，悠悠往事，………青峯思想起………

「花搖」伊都「風笑」，一款共生雙贏的影相；蔡來福了解宇宙世間，單獨變無步，伊一生招伴過著花搖風笑的生活。

來福青峯青春少年時，1964 年春四月天，台北天青青，雲蕊白白飄過大屯山，徙過蟾蜍山天頂，躼躼大王椰兩排徛往山坪，矮矮杜鵑花湧舞春風；友誼牽伴春來吐絲綿，蔡來福翩翩雙腳駕風，送來生日禮物；一對米黃袖扣，扣牢知己情。

歲月匆匆四十又九冬，2013 年秋天來夠，北美天藍藍，雲蕊白白飄過伊里湖，徙過嶺谷鄉天頂，飛向東爿栗子嶺參月桂山，爬過阿里藝尼懸山頂；中秋月娘圓圓掛天邊，月光湧浸漫樹尾仔溜，送來月色微微；一對米黃袖扣，天地不了情。

啊！〈一對袖扣〉

銀盒仔裡囥一對蜂蜜款驚喜，
想雙雙跳出來恆恆直扣落，
衫之袖尾仔溜。

心肝窟仔存彼對黃柑款驚喜，
想綿綿數十年扣扣竟然是，
叩未通天及地。

青峯思想起：「來福也，你佇佗位咧？咱敢是東方猶太人咧？」

——2014.7.4 寫佇茉里鄉

2014.10《台文戰線》第 36 號